書下ろし

友

蛇杖院かけだし診療録

馳月基矢

祥伝社文庫

目次

『友』主な登場人物

長山瑞之助……旗本の次男坊。「ダンホウかぜ」で生死を彷徨い蛇杖院に運ばれる。堀川真樹次郎らの懸命な治療に感銘を受け、医師になることを目指している。

堀川真樹次郎……蛇杖院の漢方医。端整な顔立ちながら気難しく、それでいて面倒見はよい。瑞之助の指導を任されている。

鶴谷登志蔵……蛇杖院の蘭方医。肥後、熊本藩お抱えの医師の家系ながら、勘当されている。剣の腕前も相当で、毎朝、瑞之助を稽古に駆り出す。

桜丸……蛇杖院の拝み屋。小柄で色白。衛生部門も差配する。遊女の子で花のように美しい。

玉石　……蛇杖院の女主人。長崎の唐物問屋・烏丸屋の娘。蘭癖（オランダかぶれ）で、蛇杖院も、道楽でやっていると思われている。

船津初菜　……産科医。ごく幼い頃から、産婆である祖母の手伝いの傍ら、新李朱堂系列の漢方医の父から医術を教わっていた。

岩慶　……僧、按摩師。「天眼の手」と呼ばれるほど、手指の技に優れる。六尺五寸の大男。朗らかな性格。旅暮らしが長く、野生動植物を使う薬膳に詳しい。

薗部百合　……登志蔵たちが寄宿していた蘭学塾の娘。奔放でわがままなお嬢さんだったが、ある事件が起きてから、慎ましい暮らしになった。

向島若宮村
椿屋敷
小梅村
源森川
駒形長屋
吾妻橋
業平橋
蛇杖院
浅草寺
東本願寺
両国広小路
浅草見附
（浅草御門）
中之郷
長崎町
望月湯
三笠町
馬喰町
回向院
竪川
横川
日本橋浜町
山形藩江戸屋敷
織姫屋
小名木川
佐賀町
大川
鉄砲洲稲荷
深川
深川佐賀町
まぼろし屋
北
西
東
南

『友』の舞台
不忍池
神田佐久間町
新李朱堂
神田川
麹町
長山家
坂本家
神田錦町
直木家
通旅籠町
雲母橋
江戸城
北町
奉行所
日本橋
南町
奉行所
日本橋瀬戸物町
唐物問屋　烏丸屋

地図作成／三潮社

序

薔薇(ばら)の花が咲いている。

八重(やえ)咲きの紅(べに)色の花は朝露に濡れ、いかにもみずみずしい。

さほど大きな花ではない。開いた花弁の端から端まで、登志蔵(としぞう)の人差し指の長さにも満たないほどだ。

それでも、ぱっと目を惹(ひ)いた。

「おう、咲いたか。華やっかもんじゃ。八重咲きの薔薇は初めて見たぞ」

登志蔵は腰を屈(かが)め、花に顔を近づけた。すっきりと甘い香りが鼻をくすぐった。

菫吾(きんご)は低木の傍らにひざまずいたまま、登志蔵に言った。

「おるも初めて見た」

「育ての親でも、どぎゃん花になるか、咲くまでわからんか。たいぎゃ美しゅう咲いたたい」

「ほんなこつ、華やっか。しかも育ちが早くて、虫にも雨にも強か。よっと育ってくれた」

「庚申薔薇は、六十日ごとに何べんでも咲くとじゃろう？」

唐土渡来のこの薔薇は、春から夏にかけて、幾度も花をつける。それを六十日で一巡する干支になぞらえて、庚申と名に冠するのだ。

庚申は、六十日に一度巡ってくる凶日のことだ。この日の夜は、人が眠りに就いた後、人の体内に棲む三尸の虫が宿所を抜け出し、宿主の悪行を天帝に知らせに行くという。

登志蔵の問いに、菫吾は細い目をいっそう細めて微笑んだ。

「何べんでも咲いてくれたらよかなあ」

登志蔵は香りに誘われ、花に手を差し伸べた。

「痛っ」

慌ててその手を引っ込める。露に濡れた棘が、思いのほか硬くて鋭かったのだ。

「気をつけにゃんばい。薔薇には棘があるもんぞ」

「そるは知っとるばってん」

「棘、ぬかったままになっとらんか？」

「いんにゃ、引っ掻いただけたい。ちっと血の出てきた」

登志蔵は指を口にくわえた。舌の先に、かすかに塩辛い味が染みる。

「慌て者たい、登志は。おもしろかこつのあれば、後先考えずに飛びつく」

「おるは慌てちゃおらん。わさもんと言え」

わさもんとは、新しいものが好きという、熊本（くまもと）の者の気質を表す言葉だ。肥後（ひご）もっこすの頑固（がんこ）な気質の一方で、新しくて奇抜なものをおもしろがる心を持ち合わせている。

蘭学かぶれの登志蔵は、極めつきのわさもんである。

菫吾もまた登志蔵の蘭学仲間だから、わさもんの一人だ。オランダ渡来の分類学に基づき、筋道を立てて記録を取りながら、草木や花の掛け合わせに没頭している。

ふと思いついたように、菫吾は言った。

「こん薔薇は登志に似とるな。新しくて派手で華やかで、したたかで棘まである」

「おいおい、何じゃ。男ば花にたとえるか？」

「花でん木でん、似合うとればよかろう。登志は、紅色の派手な薔薇たい」

「やめろ、照れくさか」

菫吾はそっと笑って立ち上がった。登志蔵も、屈めていた腰を伸ばした。

三羽烏のもう一羽がやって来たのだ。

「やっぱりここにおった。相変わらず朝早うから、ようやるもんたい」

桂策は大あくびをした。

早朝の庭で登志蔵が木刀を振り回すのも菫吾が草木の手入れをするのも、いつものことだ。三人の中で、桂策だけは朝が弱い。

桂策はふらふらしながら、顔を洗うために井戸に向かっていく。登志蔵はにやりとして桂策に追いすがると、井戸の水を汲んでやった。

「ああ、すまん」

舌の動きすら鈍い桂策は、すっかり油断しきっている。登志蔵の思うつぼだ。

「ほらよ！」

登志蔵は桶を差し出すと見せかけて、桂策に勢いよく水をぶっかけた。

「ばっ！　何ばすっとや！」

桂策の、まるで西洋人のような鷲鼻から、ぽたぽたと水がしたたる。

「目ん覚めたろう？」

「ぬ、ぬしゃ、のぼすんな！　うたるっぞ！」

おまえ、ふざけるな、ぶん殴るぞ。そんな子供じみた言葉が桂策の口から飛び出すのは、肥後国熊本育ちの三人でいるときだけだ。人前に出ると、桂策は別人のように格好をつける。

桂策がつかみかかるのを、登志蔵はひらりと躱した。桂策は、できたばかりのぬかるみに足を取られ、たたらを踏む。登志蔵は菫吾の体を盾にして、べぇっと舌を出す。

菫吾は顔をくしゃくしゃにし、声を出して笑っていた。


それは文化十三（一八一六）年の初夏のことだった。

熊本藩出身の鶴谷登志蔵、澄川菫吾、赤星桂策は、この年の春に江戸に出てきたばかりだ。蘭学修業のための遊学である。年の頃は、揃って二十二。各々、武家医者の家柄の次男坊や三男坊である。

三人は初め、藩の医学校、再春館で漢方医術を学んだ。

熊本藩では、六代藩主の細川重賢公が藩校の時習館と医学校の再春館を設けて以来、若者への学問指南に力が入れられている。殊に再春館は、武家の子息のみならず、才のある若者を広く募って医薬の学を授けている。

再春館での三羽烏は、三人揃って優れた才を示すものの、変わり者として知られていた。

漢蘭折衷の医術を用いる鶴谷家は、漢方医家が多数を占める熊本においては、もとより異色の家柄である。中でも登志蔵は蘭学に夢中で、ごく幼いうちから長崎遊学への憧れを口にしていた。

その登志蔵に引っ張られたこともあろうが、草花好きの菫吾は唐土渡来の本草学より、オランダ式の分類学に志を抱いていた。桂策もまた、細密な腑分けの図に驚嘆し、蘭方医術の書物に親しむようになった。

再春館でのひととおりの修業を終えた三人は、揃って長崎遊学を許された。わずか半年間ではあったが、学びはきわめて充実していた。

ひとたび熊本に戻った後、三人は、より深く蘭学を修めたいと藩に願い出た。

それが認められ、江戸への遊学がかなったのが文化十三年の春である。

初めは熊本藩の江戸屋敷に居候した。ほどなくして、蘭学の師、薗部洋斎の居宅に移ることとなった。屋敷は、鉄砲洲稲荷にほど近い本湊町にあった。

熊本出身の三人にとって、江戸の景色は物珍しかった。人がやたらといて、町人地は店や長屋がぎゅうぎゅう詰めに建っている。大川を行き交う舟は、熊本の白川よりもずっと多い。山らしい山が見えない。料理の味つけもずいぶん違う。だが、あっという間に慣れた。言葉も早々に江戸っ子風に染まった。三人とも、馴染みのないもの、珍しいものを好めばこそ、蘭学を志したのだ。

本湊町は、海を埋め立てた築地だ。このあたりには大名家の下屋敷だとか、大身旗本の屋敷だとか、大きな敷地を持つ邸宅が多くある。

そうした築地の一角に、江戸で最大の蘭学塾、紫蘭堂もあった。薗部家の屋敷とは目と鼻の先だ。紫蘭堂に出入りする蘭学者が、築地でも海寄りの本湊町や木挽町などをよくうろうろしていた。薗部家を訪れて討論に臨む者、蔵書の筆写をおこなう者もいた。

薗部家の屋敷は庭が広く、漢方の生薬や舶来の草木が豊富に育てられている。敷地の北側は垣根の代わりに長屋があって、そこに幾人かの塾生が寄宿していた。

登志蔵たち三人は長屋ではなく、離れに寝泊まりしていた。十帖の部屋に間仕切りの衝立を置いて、三人で使うのだ。再春館の頃も長崎遊学の頃も似たようなものだったので、今さら互いに気詰まりなこともない。

「おっどん三人なら、おもやいは慣れとったい」

離れに移り住んだ当夜、まだ衝立もなかった部屋に布団を並べて、そう言って笑い合ったものだ。おもやいとは熊本の言葉で、一緒に使うこと、仲良く分け合うことだ。

よく三人で連れ立っている。それぞれに得意とするところがあって、三人揃えば蘭学の幅広い分野を網羅できる。

熊本三羽烏、と誇らしげに名乗るのも伊達ではない。

これからどんなふうに羽ばたいていけるだろうか。三人の行く末には光があふれていると、登志蔵は信じてやまなかった。

浅水仙周が井戸端まで様子を見に来たときには、三羽烏はすっかりずぶ濡れだった。

「おまえたち、何をしておるのだ？　怒鳴ったり馬鹿笑いをしたりと、朝っぱらから騒々しい。何だ、このありさまは。まるで子供だな」

呆れ顔の仙周は、朝早くにもかかわらず、すでに身なりもきちんとしていた。仙周は洋斎の門下では古参の塾生で、オランダ語の読み解きにも秀でている。三羽烏より四つ年上で、いずれ塾を継ぐだろうと目される男だ。

いくぶん気の細かいところはあるが、面倒見がよい。とりわけ三羽烏に対しては、口うるさくも親切である。放っておくと羽目を外しがちな三羽烏の世話をせよと、洋斎に言い渡されているらしい。

三羽烏の場合、羽目を外すというのは、何も吉原にしけ込むとか賭博に手を出すとか、そういう類のものではない。手習所に通う年頃の少年のようないたずらをするのだ。

そのやんちゃぶりが、まさに今、発揮されていた。

そこらじゅう水浸しになった中で、登志蔵はおどけた顔をし、菫吾は慌てて頭を下げ、桂策は髪を撫でつけて襟元を整えた。

片時もじっとしていない登志蔵と、やられたら即座にやり返す桂策がかち合えば、子供の喧嘩のようになるのは道理かもしれない。が、おとなしい菫吾まで一緒になって悪童じみた振る舞いをするのには、皆が首をかしげるところだ。

桂策は背筋を伸ばした。

「うっかりしておりました。そろそろ朝餉ですね」

「ああ。今日も忙しいぞ。日の長い夏のうちが好機だ。新たな試薬の検分や分離を、蘭書にあるとおりに我らの手で再び成せるかどうか、試みねばならん」

「夏が好機とは道理です。行灯の明かりでは、試薬の分離などできませんからね。我々三羽烏、すぐに支度を整えて、母屋のほうへまいります」

そつなく答える桂策に、仙周は苦笑した。

「よろしく頼むぞ。特に登志蔵、おまえの手先の器用さは神がかっている。今日試す分離には、水銀を用いる。扱いが厄介な瓦斯を調べるが、おまえにすべて任せるぞ」

「承知つかまつりました」

登志蔵は大仰な節回しで唸ってみせながら、派手な見得を切った。

三人のほかに誰かがいるときは、肥後訛りはすっかり鳴りをひそめる。とっくに江戸の言葉は身についているのだ。郷里の言葉は、三羽烏の間で交わす符丁である。

仙周は蘭学を広く修めているが、特に舎密学を熱心に学んでいる。昨今、オランダ語による舎密学の書物が多く舶来し、江戸でも読めるようになっているのだ。

舎密学、という訳語が蘭学者の間で仮に使われだしたのは、ほんの最近のことだ。「舎密」とは、オランダ語の「chemie（セミー）」の音写である。和語にはもともと、舎密学に当たるものは存在しない。ゆえに、蘭学の名門である宇田川家の若き秀才、榕菴がこの訳語を考案した。

舎密学は、モノを極限まで分離し、それぞれの持つ本質を明らかにする学問である。モノといっても、形を持つものばかりではない。薬液の検分をおこなうこともあれば、瓦斯の分離を試みることもある。

例えば、人が吸う瓦斯と吐いた瓦斯をそれぞれ検分し、その内訳を見比べる。呼吸の前後で瓦斯に変化があることは、検分の手法の発達によって、初めて明らかになったことだ。こうした検分を突き詰めていけば、人が何のために呼吸をするのか、その謎に迫ることもできるだろう。

仙周の右の眉があるはずのあたりからまぶたにかけて、やけどの痕が赤々としている。分離検分の最中、硝ノ酸の薬液がはねて、肌を焼いたのだ。右の眉はもう毛が生えなくなっている。

ぎょっとするようなやけどの痕だが、仙周は気にするそぶりを見せない。むしろ、武士の向こう傷のように、誉れと思っているらしい。志の高い人が身近にいるというのは、胸の熱くなることだ。登志蔵は、この四つ年上の異相の先達を案外好いている。

母屋のほうから、女が姿を見せた。

「ちょっと、誰でもいいから花を見繕ってくれない？　今日はお花の稽古があるんだけど、せっかくだから珍しい花を持っていきたいの」

蘭部家の一人娘、百合である。

江戸の女は洒落とるもんばいと、百合と初めて顔を合わせた後、三羽烏はささやき交わしたものだった。顔立ちが整っているだけではない。立ち居振る舞いから装いまで垢抜けて、粋なのだ。

すでに二十の百合だが、まだ婿を迎えていない。さすがにそろそろ、という声もあるようだが、父の洋斎が相手を決めかねているらしい。百合の婿は、蘭学者として蘭部家を継ぐこととなる。

定められた相手がいないのをいいことに、百合はそれなりに遊んでもいるようだ。百合が流した浮名の数々を、登志蔵も耳にした。いくらか危うい香りをさせるところがまた、百合をことさら色っぽく見せている。

登志蔵は、菫吾の脇腹を肘でつついた。

「花は菫吾の領分だろ。お嬢さんの役に立ってみせろよ」

耳打ちしてやるが、菫吾は棒立ちで身を硬くしている。

登志蔵と桂策は目を見合わせ、やれやれと頭を振った。

百合の姿が見えると、菫吾は口数がいっそう減る。細い目や薄い唇から笑みが消え、ごつごつといかめしい顔の造りが際立って、いかにも不愛想な感じになってしまう。

初めは、気が強い百合が苦手なのだろうか、と登志蔵は思った。菫吾の母もずいぶん厳しい人で、少年の頃の菫吾はしょっちゅう叱られていた。「この世で一番恐ろしかとは母上ばい」とこぼしていたこともある。

だが、その実、菫吾が百合の前で固まってしまうのは、苦手なせいではなかった。菫吾は百合に心を奪われているのだ。

百合は、ふと足を止めた。

「あら、見たことのない花ね。これは何？」

咲き初めの紅い花である。先ほど登志蔵も目を留めた、菫吾の育てた新しい庚申薔薇だ。

仙周が百合の傍らに足を進め、首をかしげて、菫吾を手招きした。

「菫吾くん、こちらへ。おまえならわかるだろう？　ずっと手入れを欠かさなかったじゃないか」

「まあ、菫吾が育てたの？　人は見かけによらないものね。こんなにきれいで珍しい花を咲かせるなんて、やるじゃないの」

百合が菫吾の名を呼び、艶(つや)やかな唇を微笑ませて菫吾を誉めた。朝日を浴びる菫吾の顔が、みるみるうちに赤くなる。

なぜ菫吾は百合に想いを寄せるのか。百合のどこに惹かれたのか。登志蔵にはさっぱりわからないが、さんざん菫吾をつっき回して聞き出したところによると、一目惚れだという。

確かに百合は、熊本のおなごにはない魅力を備えている。高飛車な振る舞いさえ品がよい。菫吾のみならず、塾生の多くは、百合のわがままに喜んで振り回されている。

お嬢さんの名は百合だが、人柄は別の花だ、と登志蔵は思う。

立って芍薬(しゃくやく)と称えられるか、座って牡丹(ぼたん)と誉めそやされるか、そのあたりが似合っている。百合の仲間に属する花は総じて、救荒の食料として植えられるものだ。お嬢さんはそういう花ではない。

百合は何の気なしに、薔薇の花に手を伸ばそうとした。

とっさに声を上げたのは登志蔵である。

「お嬢さん、さわるな！　その花は棘があるぜ」

「え？　あら、本当。けがをするところだったわ」

「棘を除いてからお嬢さんに渡すよ。ちょっと待っててくれ。ほら、菫吾。おまえの仕事だぞ」

登志蔵は菫吾の背中をばしんと叩いた。菫吾はよけることもせず、うっと息を詰まらせる。

本来の菫吾はやわらの術の名手で、登志蔵に後ろを取らせることもない。仮に曲者が後ろから襲いかかったとしても、菫吾の背中に触れようものなら、たちまち投げ飛ばされてしまうだろう。

それだというのに、百合がそばにいるだけで、この体たらくだ。やれやれと、登志蔵はまた頭を振った。

百合は、手にしていた鋏を登志蔵に押しつけた。

「登志蔵でいいわ。この花を切って、棘を落としてちょうだい」

「俺が?」

登志蔵は頭を掻いた。ぽたぽたと水がしたたる。

今さら気がついたらしく、百合が目を丸くし、登志蔵の頭のてっぺんからつま先まで見つめた。

「やだ。ずぶ濡れじゃないの。何をしていたの?」

「いや、何って、まあ……」

百合はぷいと顔を背けた。

「近寄らないで。濡れて着物が透けてるわ。何て格好なのよ。いやらしいったらありゃしない。胸元をしまいなさい。もういいわ。仙周、あなたが花を切って、後でわたしのところに持ってきなさい」

早口でまくし立てながらも、百合はちらちらと登志蔵に流し目をくれていた。言うだけ言って、きびすを返して去っていく。

桂策は顔をしかめた。

「相変わらず嵐のようなお人だ。登志蔵、おまえも少しは身なりに気をつけろ」

「おまえに言われたくねえよ。おまえだって、ずぶ濡れじゃねえか」

桂策は登志蔵に顔を近づけ、声をひそめて言った。

「俺が言いたいのは、いつまで経っても子供のようなつもりでいるなということだ。おまえ、顔も体もやたらと男前なんだよ。そんなんじゃ、じきにとんでもない厄介事を引き寄せてしまうぞ」

「わかっちゃいるけどよ」

このところ、どうも雲行きがおかしい。百合が登志蔵に向けるまなざしに奇妙な熱が宿っている。それに気づいているのは登志蔵だけではない。桂策はもちろん、菫吾も気づいてしまっている。

きっと仙周もだ。いずれ百合の婿になると言われていたそうだが、仙周とそういう話をしたことはない。触れるのがためらわれる話題だ。

仙周は百合に命じられたとおり、薔薇の花に向かった。しかし鋏を入れる前に、菫吾を振り向いて呼んだ。

「菫吾くん、相談に乗ってくれ。お花の稽古とやらに使う切り花にするには、どれほどの長さを残せばよいのだろう?」

呪縛（じゅばく）が解けたかのように、菫吾はしなやかに動き出した。

「拙者がやりましょう。この薔薇は棘が鋭いんですよ」

「ああ、よろしく頼む」

「ほかにも珍しい花が咲いているんですが、薔薇に添えてお渡ししたら、お嬢さんはどう思われるでしょうか」

「喜ぶのではないかな。お嬢さんは派手で華やかなものがお好きだから」

「でしたら、切って整えますので、仙周さんが届けてください。拙者どもは着替えねばなりませんから」

顔を伏せて菫吾は言った。仙周はその肩にぽんと手を載せ、微笑んだ。

「お嬢さんには菫吾くんの心遣いだと伝えておくよ。さあ、急ごう。さっさと朝餉を平らげて、今日も一日、励まねばならん」

仙周は顔を巡らせ、登志蔵と桂策にも言った。

三羽烏は各々、気合いのこもった返事をした。

第一話　燃える粉

一

「どけ！　御用だ！」

八丁堀から亀島橋を渡って霊岸島へ、定町廻り同心の大沢振十郎を先頭に、捕り方たちが駆けていく。

まだ朝六つ半である。朝餉のおかずを商う棒手振りが、慌てて飛びのいて道を空ける。

三白眼を怒らせ、朝露を蹴散らしながら、大沢はいらいらと吐き捨てた。

「奉行所の愚図どもめ！」

すぐに都合できる捕り方だけで、さっさと敵の根城を攻めればよかった。

悔(く)いても後の祭りだが、応援を寄越すよう奉行所に願い出たのが間違いだったのだ。奉行所と動きを合わせるために待機を命じられ、結局、一晩経ってしまった。

いまいましい予感がある。敵を取り逃がしたかもしれない。

霊岸島は東湊町(ひがしみなとちょう)の将監河岸(しょうげんがし)近くの裏長屋に、黒い暖簾(のれん)の薬師(くすし)がいる。その知らせを大沢が得たのは、前日の昼八つ頃だった。深川佐賀町(ふかがわさがちょう)にある小間物屋、織姫屋(おりひめや)のおかみが使いを寄越し、大沢に報じたのだ。

大沢はすぐさま織姫屋に向かい、おかみに話を聞いた。織姫屋を贔屓(ひいき)にしている客が、夫の病を落ち着かせるための薬を、黒い暖簾の薬師から買ったという。

その客の夫というのは、材木問屋の若旦那である。かつて明朗快活で働き者の若旦那は、奉公人はもちろん、材木運びの人足たちからも慕われていた。酒を振る舞ったり、祝い事があればいくらか包んでやったりと、ほかとは一線を画する気前のよさだった。

そうした振る舞いがだんだんと派手になり、行きすぎるようになっていた。かと思うと、床を上げられないほど鬱々(うつうつ)として、外に出られない日が続いたりもする。まるで別人のように、明るく振る舞うときとふさぎ込むときの差が激しいのだ。

妻から見れば、気が大きくなっているときの若旦那のほうが恐ろしかった。人に喧嘩を吹っ掛けたり、凄まじい高値の買い物をしたり、吉原に繰り出して居続けたりと、何をしでかすか読めなかったのだ。金も溶けるように消えてしまう。

ゆえに妻は、黒い暖簾の薬師に乞うた。夫がいつもおとなしくなる薬がほしい、と。黒暖簾はその望みに応じ、三両もの大金と引き換えに奇妙な粉薬を処方したという。

織姫屋のおかみは、薬を飲んだ後の若旦那の様子も聞き出していた。

「黒暖簾の薬は確かに効いているようです。でも、手が震えたり、しきりに喉の渇きを訴えたり、ぼんやりして仕事が手につかなかったりで、奉公人や人足たちは、若旦那さまがすっかり変わっちまったと、心配しているそうなんですよ」

大沢は、ほかにも似た話を聞いている。黒暖簾の出す薬は、あまりに効きすぎることがある。治したかった病とは別の、思いもかけない不調を引き起こすこともある。中には命を落とした者もいる。黒暖簾について調べれば調べるほど、そんな話が出てくるのだ。

おかみは、黒い暖簾が掲げられた長屋があるのを霊岸島まで確かめに行き、大沢に知らせた。裏長屋の周囲には破落戸がたむろしていたという。

「黒暖簾は用心棒を幾人も雇っているって話だったんで、あの破落戸らがそうだったんだと思いますよ」

大沢は、危ういことをするんじゃねえと、おかみを一喝した。そしてすぐさま奉行所に取って返し、捕り方の応援を求めた。

その結果が、このざまだ。一晩もあれば、抜け目のない罪人どもは煙のごとく姿を消してしまうというのに。

果たして、黒い暖簾が掲げられていたはずの裏長屋の一室は、もぬけの殻だった。破落戸どもの姿もない。

下っ引きが長屋の差配を連れてきた。耳が遠く足腰も弱い爺さんで、下っ引きに支えられて、やっとのことで歩いている。目明かしが黒暖簾のことを尋ねても、答えは一向に要領を得ない。

大沢はぐるりとあたりを睨めつけた。

長屋の連中は、戸を細く開けて捕り方たちの様子をうかがうばかりだ。誰ひとりとして表に出てこない。

「後ろめたいやつらの吹き溜まりってところか。差配の爺さんも、呆けたふりをしてやがるんじゃねえか？」

いかがしやすか、と目明かしが問うてくる。

大沢は舌打ちをすると、今にも破れそうな長屋の壁を蹴った。

「長屋の連中から話を聞き出せ。黒暖簾に関わることなら何でもいい。俺は、黒暖簾から薬を買ったという材木問屋のほうへ行ってくる。おい、二、三人ついてこい」

大沢は再び壁を蹴り、どぶ板を踏み鳴らして歩き出した。

織姫屋にも後で顔を出さねばなるまい。おかみは今頃、気を揉んでいることだろう。

捕物が無事に片づけば、織姫屋で簪の一つでも買ってやろうと思っていた。贈るあても、ないわけではない。さりげない塗り物の簪なら、色気も化粧っけもないあの女にも使いやすいのではないか。

甘い考えを抱いていた自分が腹立たしい。

「くそっ」

大沢は毒づいた。傍らに付き従う目明かしが、びくりと体を震わせた。その不甲斐なさに、大沢はまた苛立った。

二

長山瑞之助（ながやまみずのすけ）が蘭方医の鶴谷登志蔵に連れられて出掛けたのは、文政五（一八二二）年四月七日のことだった。

朝五つ半に蛇杖院（じゃじょういん）を発った。初夏の朝風はしっとりと心地よい。

今日の用事は、医者見習いとして登志蔵の往診の手伝いをするのではない。武士としての用事だ。それも、瑞之助のために登志蔵が世話を焼いている格好である。

直参旗本次男坊の瑞之助は、生まれ育った屋敷を離れて一年が過ぎたところだ。齢（よわい）二十二の立派な大人とはいえ、相変わらず世間知らずで、何かにつけて危なっかしい。

値が張るとわかっているこたびの買い物に、登志蔵が初めから首を突っ込んできたのも道理だった。瑞之助もそのあたりはよく自覚しているので、六つ年上の世慣れた登志蔵に任せっきりである。

「これで瑞之助もようやく格好がつくな」

登志蔵は、隣を歩く瑞之助の腰の刀をつついた。

大小差したうちの長いほうは、実は竹光（たけみつ）である。本物の刀は先日、いろいろあって折れてしまった。

「竹光では、やはり心もとないですね。刀の重みが恋しいんですよ」

「いっぱしなことを言うもんだ」

「私だって、生まれも育ちも侍ですからね」

折れた刀は、登志蔵の知り合いの刀鍛冶（かじ）に預けてある。その刀鍛冶が、今日の商談の相手だ。瑞之助は、新しい刀を買い求めようとしているのだ。

「瑞之助の前の刀はどこの誰が打ったものか、結局わからなかったらしい。井上（いのうえ）真改（しんかい）の偽銘がくっきり入っていて、その下に切られている真の銘が見えなくてな」

「そうでしょう。いずれにせよ、さしたる値打ち物ではなかったはずですよ。嫡男だった兄は、幼い頃にきちんとした刀を父に与えられたようですが」

「次男坊のつらいところだな。まあ、兄貴がしっかり家を継いでくれてるからこそ、俺も瑞之助も好き勝手にできるわけだが」

好き勝手とは言うものの、瑞之助も登志蔵も遊び暮らしているわけではない。医の道に人生を捧げる覚悟である。

漢方医、蘭方医、産科医に、祈禱をなす拝み屋、按摩の技に優れる僧と、病やけがの治療をもっぱらとする者たちを集めた診療所がある。

診療所の名は、蛇杖院という。瑞之助はそこで医者見習いとして住み込み、下働きをこなしながら、日々医術の修業に励んでいる。

蘭方医の登志蔵は、特に外科を得意としている。武家の生まれで、剣術もやたらめったら強い。徒手空拳のやわらの術にも秀でている。

今朝も日課の剣術稽古で、瑞之助はいいようにあしらわれてしまった。瑞之助がだらしないわけではない。麴町の旗本屋敷に暮らしていた頃、同年配の若者の間では負け知らずだったのに、登志蔵からは一本も取ったためしがないのだ。

蛇杖院は、江戸の外れの小梅村にある。横川に架かる業平橋の東詰からすぐのところだ。

業平橋を渡り、大小の武家屋敷が建ち並ぶ中之郷と本所を抜け、両国橋に近づくにつれて、人出が多くなっていく。両国広小路から日本橋にかけての界隈は、いつも凄まじいにぎわいだ。うっかりすると、人波に押し流されそうになる。

　今日、登志蔵が瑞之助を連れて向かう先は、日本橋浜町にある山形藩の江戸屋敷だ。ここに関わりのある者は、浜町屋敷と呼んでいるらしい。浜町屋敷は、藩主が在府中の住まいとする上屋敷ではなく、控えのために設けられた中屋敷である。

「瑞之助は大名屋敷に入ったことがあるか？」

「ええ。昔、母や兄に連れられて行きました。市谷にある尾張藩下屋敷の、楽々園という庭園に。江戸ではない山里に迷い込んだかと思うほど、手の込んだ庭園でしたよ」

「客に見せるために庭を整えてる大名屋敷なら、俺も二年くらい前、ちょっとした縁で大和郡山藩の六義園に入ったことがある。しかしな、山形藩の浜町屋敷は変わり種だぜ」

「大きな鍛冶場があるんですよね」

「水心子正秀という、山形藩お抱えの刀工が、浜町屋敷に鍛冶場を与えられている。水心子先生は齢七十を越えた翁なんだが、いまだに腕は衰えていないし、人に技を教えるのがうまい。抜群に人気があって、日ノ本じゅうから弟子が集まっている」

水心子は刀を打つだけではなく、失われて久しい古刀鍛錬の技を探求し、明らかにした論を広く弟子たちに説いている。一子相伝の秘術としてではなく、技を求めるすべての者に教えているのだ。

瑞之助は水心子の教授のあり方を聞いて、驚いたし、感銘を受けもした。

医術を学ぶにあたっては、瑞之助自身、漢方医で主たる師の堀川真樹次郎(ほりかわまきじろう)をはじめ、蛇杖院の医者の皆から教えを受けている。師弟直伝の形をとっていないから、免許を与えてくれる人もいない。

だが瑞之助は、蛇杖院はきっとこれでよいのだ、と思っている。瑞之助に知を授けることを通じて、蛇杖院の医者たちは論を交わすようになった。こうすることで一人でも多くの人の命が救えるのなら、従来の道から外れるやり方でもよいのではないか。

「刀鍛冶にも奇特な人がいるものですね。古刀鍛錬の技を探求するというのは、たやすいことではないでしょう？　それを秘匿(ひとく)せず、多くの人の手に届くようにする。なかなかできることではありませんよね」

「水心子先生が独自にやってきたことは、舎密学にも通ずる手法でな、器用さも根気も必要だ。それを何十年も続けてきたってのは、すごいことさ」

舎密学というのは、蘭学の一種だ。ざっくり言えば、モノの本質を突き詰めて調べる学問だと、登志蔵から聞いている。

「蘭学が刀鍛冶の技に通じるんですか？」

「そうとも。刀は鋼(はがね)からできているだろう。鋼ってのは鉄と炭の混じり物だ。鉄が多けりゃ、柔らかくなって切れ味が鈍る。炭が多けりゃ、硬くなって折れやすくなる。割合が大事なのさ。水心子先生はその割合を見出すために、片っ端から試して記録するってのを繰り返して、古刀の硬さとしなやかさの秘密にたどり着いた」

「片っ端から？　手間も暇(ひま)もかかりそうですね」

「もちろんだ。鉄と炭の割合とはまた別の切り口もある。炉の熱だ。どれくらい熱した炉に玉鋼(たまはがね)を突っ込んで赤らめ、鍛(きた)えていけばいいのか。焼き入れの後、どれくらいのぬくさの湯で冷ましてやるのがいいのか。刀鍛冶が今まで目と手で培ってきた技を、水心子先生は一つひとつ検(あらた)めて、書物に著した」

滔々(とうとう)とした語り口である。瑞之助には舎密学など少しもわからないが、登志蔵の楽しそうな話には引き込まれてしまう。

「登志蔵さんは水心子先生とも顔馴染みなんですか？」

「講義を聴きに行ったことがあるだけさ。刀鍛冶でもないのに、潜り込ませてもらったんだよ。おまえは刀鍛冶じゃあねえだろうって、山形藩士につまみ出されかけたんだけど、学びたい者は誰でもいいって、水心子先生は笑って許してくれた」

登志蔵が見つかったのは、いでたちが派手なせいだろう。顔立ちのくっきりした男前というだけではない。顔をうつむけていたとしても、地味な着物をまとっていてさえ、妙に人目を惹く華やかさがある。

浜町屋敷の門は、思い描いていたよりもずっと気楽なものだった。通ってくる刀工たちのために勝手口のような門が設けられている。刀工たちは、顔見知りの門番にあいさつしながら中に入っていく。

門の脇に、がっしりとした体つきの男が立っていた。待ち合わせの相手である。

頭に手ぬぐいを巻いた、職人らしい格好だ。二十八の登志蔵と同じ年頃だと聞いているが、貫禄があって、もっと年上に見える。剝き出しの腕が見事に太い。彫りの深い顔立ちで、厚みのある唇はむっと厳しげに引き締められている。

登志蔵は弾むような足取りで、男に近寄った。

「よう、菊治。待っててくれたか」

男の目元がかすかに緩んだ。

「登志蔵さん。なかなか招いてやれんで、すんまっせん。立て込んどったもんでな」

低い声が紡ぐ言葉は、いくらか訛りがある。

登志蔵が瑞之助を振り向き、手招きした。瑞之助は歩を進め、男に名乗った。

「長山瑞之助と申します。私の刀のためにお力添えいただき、誠にありがとうございます」

男は頭を下げようとする瑞之助を押し留めた。

「よしてくれなっせ。おるは……俺は、礼儀も何もわからん田舎者の職人だ。身分のある侍に、そぎゃん畏まられると困る。固いことは抜きにしてくれんか？」

「わかりました」

「おるが菊治だ。肥後国玉名の刀鍛治で、水心子先生の下で古刀の技を学んどる」

登志蔵は菊治の肩を抱いた。

「瑞之助には、この菊治が打った刀を使ってもらいたくてな。何せ菊治は、肥後が誇る名刀、同田貫派の刀鍛冶なんだぜ」

「登志蔵さんの刀も同田貫ですよね」

黒一色の拵の剛刀を、登志蔵はたいそう大事にしている。大小ともに「肥後州同田貫」とのみ銘が切られ、手掛けた刀工の名はわからない。が、その作風と出来のよさから、同田貫の初代、正国の作ではないかと極めがついているらしい。

登志蔵は得意げに愛刀の柄を撫でた。

「同田貫は、加藤清正公が好んだ質実剛健の刀だ。同田貫派の初代といわれる正国は、兄貴と一緒に刀を打っていた。その刀が見事なもんで、清正公が自分の名前を与えたのさ。だから兄弟は、清国、正国と名乗りを改めた」

「それはずいぶんと名誉な。清正公と言えば、築城の名手で、熊本城の普請は見事なものだと聞いたことがあります。戦においては輜重の扱いに秀でていて、兵を飢えさせることも民を虐げることもなかったとか」

「同田貫はまさに清正公好みなんだよ。それを思えば、黒一色の質素な拵が正しいだろ。こいつは実にいい刀でさ、反りの加減がほどよくて、重心が手元にあるから、軽く感じられて振り回しやすいんだ。まさに、使われるために生まれた刀だな」

漆黒の拵の大小のほかにもう一振、登志蔵はいつも帯に短刀を差している。こちらは梅の模様が入った拵で、女物のようだ。妹の形見かとも思われるが、詳しい由来は聞いたことがない。

瑞之助と登志蔵は、菊治に連れられて水心子の鍛冶場に入った。

いや、そこは単なる鍛冶場ではなかった。学校だ、と瑞之助は見て取った。

真ん中に池を備えた庭があって、大きな建物は三棟ある。一棟は講堂と書庫だ。すでに講義の声が聞こえてくる。別の一棟は鍛冶場だ。開け放たれた戸口から炉が見えている。残る一棟は、鍔や鞘などの刀装を作るための工房だ。

職人たちがせわしなく行き交っている。どの顔も明るく、気迫が感じられる。

工房の裏手に、大小の蔵が建ち並んでいる。刀の材料となる玉鋼や、炉にくべる炭、折れた刀や修復が必要な古刀などを保管しているという。

「折れた刀も何かの役に立つんですか？」

瑞之助の問いに、菊治はうなずいた。

「断面を丹念に調べる。そうすると、どのくらい鍛錬された鋼なのかがわかる。

そん箇所で折れたわけも、断面からわかることがある」

「私の刀も調べましたか？」

「見せてもらった。粘りの足りん、硬すぎる鋼だったようだ。そぎゃん鋼はしなうことがないけん、ある強さ以上の衝撃を受けると、耐えきれずに折れてしまう」

「なるほど。あまりよい刀ではなかったんですね」

菊治はうなずかず、かといって否定もせずに、少し首をかしげた。

「華奢（きゃしゃ）だが、きれいな刀だった。刃文（はもん）が凝（こ）っとって、鋒（きっさき）の形も品があった。よか刀とは何か、一言では説けん。持ち主の望みを満たす刀が、そん人にとっての、よか刀だ」

菊治は、鍛冶場の脇にある小屋の戸を開けた。雑多な道具が整然と置かれ、筵（むしろ）が敷かれている。簡単な茶の道具もあった。鍛冶場を使う者が休憩するための小屋だろう。

ひとまず座るように言われ、瑞之助と登志蔵は腰を下ろした。登志蔵は早々に十徳（じっとく）を脱いだ。まだ昼四つにもならないが、小梅村から歩いてきた身には、ぽかぽかした陽気が暑くてたまらない。

菊治は帳面と矢立を取り出した。瑞之助の望みを聞き出して、書き留めるのだろう。帳面にはびっしりと細かな文字が書かれている。

「刀を一から打つとなれば、時がかかる。拵までひと揃え作るには、早くて三月といったところか」

　登志蔵がすかさず注文をつけた。

「菊治が今までに打った刀で、人の手に渡ってねえのがあるだろう？　その中から選んでくれ」

「前の刀より重くなるぞ」

「問題ねえよ。瑞之助はこう見えて、なかなか力が強い。むしろ前の刀が軽すぎたんだ」

「やはりそうか。こん刀の主は線の細い男だろうと当たりをつけとったら、登志蔵さんと変わらん体格の、むしゃんよか人だった。意外に思ったぞ」

　菊治の言葉に、登志蔵が注釈を加えた。

「むしゃんよかっていうのはな、肥後の言葉で、凛々しくて格好がいいって意味だ。男っぽいものに対する誉め言葉だから、初菜や巴に対しては使うんじゃねえぞ」

登志蔵は蛇杖院の女たちの名を挙げた。産科医の船津初菜も女中の巴も二十代前半の若さだが、仕事ぶりは見事なものだ。半人前の瑞之助の目には、確かに二人とも凛々しく格好よく映る。

瑞之助は少し驚いた。

「登志蔵さんも肥後の言葉がわかるんですね」

「そりゃそうだ。俺は熊本で生まれ育ったんだぜ」

「初菜さんから、登志蔵さんは江戸詰めの家柄なのかって訊かれましたよ。完璧な江戸の言葉をしゃべるんですから。めったに熊本の話もしてくれないし」

「そうだっけなあ」

「真樹次郎さんも、本当は登志蔵さんから熊本藩の医学校の話を聞きたいみたいですよ。江戸に出てきてからの蘭学塾にも興味があるみたいでした」

瑞之助はここぞとばかりに言葉を重ねた。

登志蔵は開けっぴろげなようでいて、案外そうではない。話しづらいことに水を向けられると、さっといなくなる。触れられたくないことがあるらしい。

案の定、登志蔵はついと目をそらした。

「ほう、お真樹が俺のことを知りたがるとはねえ。いやあ、あいつも変わったもんだ」

　登志蔵はおどけてみせ、話の軸をすり替えようとした。

　菊治がそれをもとに戻した。

「蘭学塾といえば、登志蔵さん。訊かにゃんことがある。蘭学塾の連中とは縁が切れとらんやったっか？」

　登志蔵の口元の笑みが、わざとらしいほど深くなった。

「うん？　何の話だ、菊治？」

「登志蔵さんが身を寄せとった蘭学塾の連中の話だ。あんとき、登志蔵さんは黙っとった。それをいいことに、あん人たちは好き放題に言いよったろう。もう皆、江戸から去ったと聞いとったが、近頃になってまた何度も……」

　登志蔵はことさら明るい声を張り上げ、大仰に手を振ってみせた。

「いやいやいや、待ってくれ。菊治、急にどうしたんだよ？　何の話をしてるんだか、いきなり言われても、ぴんとこねえぞ」

「登志蔵さん、つい昨日もだ。何という名かは知らんが、あの……」

「ああ、待て待て。まずは瑞之助の刀の話を片づけようぜ。今日はそのためにここへ来たんだ。な？」

また話をそらされた。いくら何でも強引な口ぶりに、瑞之助は不思議に思った。菊治と目が合う。

菊治は苦々しい顔をし、ぼそりと言った。

「わかった。次があれば、おるもそのつもりで応じるけん、心配せんでよか。水心子先生にも、蘭学者なら誰でん門を通すとはやめるよう、申し上げておく」

「うんうん、いいようにしといてくれ。それで、菊治が手掛けた刀の中から、瑞之助に合うやつを出してきてほしいんだ」

「今日すぐにというわけにはいかん。質屋の蔵に置かせてもらっとるけんな」

「質屋？　刀を質に入れてるってのか？」

「金のためじゃなか。おるの長屋に置いておけんだけだ。肥後の玉名では、おるの親父や叔父御でさえ、自前の工房と蔵を持っとった。江戸じゃあ、とてもじゃなか。夏の蚊帳(かや)を使うためには、冬の布団や火鉢さえ部屋に置いておけん」

登志蔵は頭を掻いた。

「まあ、それも道理だな。何にしても、菊治の刀で頼むよ」

「しかし、おるの刀は、流行(はや)りの刀ではないぞ」

菊治の言葉に、瑞之助は問うた。

「刀にも流行りすたりがあるんですか？」

「ある。何十年前からかは知らんが、泰平の世においては、刀は美しければそれでよくなった。切れんでもよか。派手な刃文が好まれるけん、くっきりと白く浮かび上がるよう、焼き入れも研ぎも工夫しよる」

「焼き入れというのは？」

菊治は、言葉を選ぶような間を取ってから答えた。

「刀身の刃文は、焼き入れによっておのずと生まれてくる模様だ。十分に鍛錬した刀に、土を塗る。それが土置きだ。土の厚さは、刃のほうを薄く、棟のほうを厚くする。土置きをした刀を炉に入れて熱し、ぬるま湯で冷ますと、刀に刃文と反りが生まれる」

「塗った土の厚さで、刃と棟の色の違いが出るんですか？」

「そうだ。色だけでなく、硬さも変わる。刃のほうが硬くなる」

「刀の反りも、焼き入れのときにできるのですか？　初めから反った形を作るのではなく？」

「違う。焼き入れをして冷ますとき、反りはおのずと生まれてくる」

登志蔵が口を挟んだ。

「モノの質は、熱の加え方や冷まし方によって変わるんだよ。同じ鋼と呼ぶものも、熱を加えすぎれば、熔けてどろどろになる。ひとたび熔ければ質が変わって、叩いても刀にできねえ」

菊治がうなずいた。

「質が変われば、色も嵩も変わる」

「刀の反りがおのずと生まれるのは、刃のほうの鋼は嵩が大きいものへ、棟のほうは嵩が小さいものへと、それぞれ質が変わるせいだろう。そういう、モノの質の変わりようと熱の関わりを追究するのが、舎密学の真髄の一つだ。瑞之助、きょとんとした顔をするな。舎密学はきわめて身近なものなんだぞ」

瑞之助は目をしばたたいた。

「身近ですかね?」

「薬を湯で煎じるのはなぜだ? ちょいと冷まさなけりゃ飲めねえのに、かんかんに熱い湯を使うのはどうしてだ? 水では代わりにならねえか?」

「なりません。薬は水には溶けず、煮出してやらないといけませんから」

「そのとおりだ。水に熱を加えて湯にするだけで、薬を煮出せるようになる。その仕組みがどうなってんのか、不思議に思ったことはあるか?」

「いえ。そういうものだと呑み込んでいましたが、確かに不思議ですね」

「そういうことをな、一つひとつ、なぜだろう、どうしてだろうと気づく目を持つと、舎密学にのめり込むものさ。俺が菊治のところに顔を出すのも、武士として刀が好きってだけじゃあなく、鍛冶場には不思議なことがごまんとあっておもしれえからだ」

　菊治は少し微笑んだ。

「登志蔵さんが訪ねてくるおかげで、おるも舎密学のことはいくらか知っとる。水心子先生の問いにも答えたことがあるくらいだ」

「菊治も蘭学の本を読んでみろって。舎密学の本なら、その手と目で身につけてきたことが書かれてんだぜ。何となく眺めてるうちに、ざっくり意味が取れるようになるさ」

　瑞之助と菊治は、同時に声を上げた。

「普通はなりませんよ」

「無理たい」

　登志蔵は唇を尖らせた。

「無理だと思うからできねえんだよ。俺だって、そう緻密に読んでるわけじゃないんだぜ。鳥が空から町並みを見下ろすような読み方だ。瑞之助、お真樹が漢文の『傷寒論(しょうかんろん)』を読むときは、一言一句に至るまで、凄まじく細かく追究してるだろ?」

「ええ。たった一字についての注をつけるために、延々と調べ物をして、考え続けていますよね」

「俺にはああいう読み方はできねえ。お真樹は、蟻(あり)の体で町並みのすべてを見ていこうとしてんだ。そんな細かな読みができるのは、それこそ特別な才だよ。俺がおまえらにやってみろって言ってんのは、鳥の見方のほうだ。気軽に手を出しゃいいんだよ」

菊治は苦笑した。

「また話がそれとるぞ。今は瑞之助さんの刀の話をせにゃんたい」

「おお、そうだった。いけねえいけねえ」

登志蔵は、ぴしゃりと額(ひたい)を打ってみせた。

菊治は改めて瑞之助に問うた。

「どぎゃん刀が望みだ?」

瑞之助は答えた。

「使える刀をお願いします。仲間の身を守らねばならないかもしれないんです」

「いざというときに、敵を斬るための刀か?」

瑞之助はうなずいた。

「先日、小梅村を離れて野草を摘みに出掛けました。その折、猪(いのしし)に襲われ、刀を抜いて対峙し、仕留めました。別の日には、ある屋敷で赤子の死産に立ち会った医者が恨みを買い、その屋敷の手の者に襲われ、刀で闘わねばならないことが起こりました」

菊治は目を見張った。

「それで、あの折れ方になったか」

「蛇杖院には負けん気の強い人が揃っていますが、万一のときに闘える者ばかりではないんです。刀を抜いて闘う役目は、侍として生まれ育った私が負うべきだと思っています」

医者としてはまだ半人前にも満たない見習いである。だからこそ、ほかにできることを完璧に務めたいと考えている。

菊治は太い腕を組んだ。その目が、試すように瑞之助の目をのぞき込んだ。胸の内のみならず、腹の底まで見られているかのようだ。質実剛健の刀を持つにふさわしい武者であるかを試されている。

そのときだった。

どん！

爆ぜる音がした。

うわっ、と男たちの悲鳴が上がった。

「何だ？」

弾かれたように、瑞之助たちは座を立った。

三

鍛冶場の棟から煙が噴き上がっていた。

中から刀工たちが転がり出てくる。

「何があった？」

菊治の問いに、若い刀工がすがりついて答えた。

「おかしなことは何もしてねえ！　炉に火を入れただけだ。炭が赤らんできた頃に、いきなりあんなに炎が上がったんだよ！」

「二の炉か」

「な、何が起こったんだろう？　祟りか？　金屋子神がお怒りなのか？　なあ、俺、祟られちまったか？」

「落ち着け」

鍛冶場には戸や窓が多く開いており、中の様子がうかがえた。凄まじい勢いで火を噴いているのは、右から二つ目の炉だ。

年嵩の刀工が首を激しく左右に振った。

「油の甕に火がついたって、あんな勢いで燃えやしねえ。ありゃあ、まともな火じゃねえぞ。あっしら刀工は火にもやけどにも慣れっこだ。だが、あの火の燃え方は何かが違う。何かが不気味で、恐ろしくて、炉に近寄れねえ……！」

鍛冶場にいた刀工は皆、表に出てきたようだ。講堂のほうにも騒ぎが伝わったらしい。講義の声がやみ、障子が開かれる。

池の水を汲んできた者がいる。桶を抱えて鍛冶場に飛び込もうとしたのを、登志蔵が止めた。

「待て、水じゃ消えねえ火もある」

「どういう意味だ？」

「ものが燃える仕組みを講義してる暇はねえ。誰も鍛冶場に入るな！　ほかの炉にも仕掛けがあるかもしれねえぞ！」

刀工たちの間に動揺が走った。

登志蔵は瑞之助に刀を押しつけた。

「何をするつもりですか？」

「調べてくる」

「待ってください。危ないんでしょう？」

「大丈夫だ。俺は、まともじゃねえ火にも慣れてる。舎密学における薬の分離は、爆ぜたり火を噴いたりで、危うい目に遭ってきたからな」

瑞之助は声をひそめた。

「火薬でも仕掛けてあるんでしょうか？」

「匂いがしねえから、花火に使うような火薬とは違うな。油の匂いもしねえ」

「でも、あんなに燃えてますよ」

炭が白っぽくなるほどの猛火である。あれでは、頑丈な炉も崩れてしまうのではないか。天井も焦げてしまいそうだ。二の炉ひとつが勢いよく燃え、その熱が鍛冶場から噴き出してくる。火の粉が屋内を舞っている。

登志蔵は、ぽんと瑞之助の肩を叩いた。手ぬぐいで鼻から下を覆う。胸骨が膨らむのが見て取れるくらい、息を深く吸って吐き、吸って止める。

そして、登志蔵は鍛冶場に飛び込んでいった。

ざわめきが広がる。

「あれは誰だ？」

問う声に、菊治が答えている。

「同郷の肥後から来た医者だ。蘭学にも詳しい。炉がおかしくなった仕組みも、あん人にならわかるかもしれん」

待て、と咎める声があった。

「菊治よ、つい昨日も蘭学者がおまえを訪ねてきただろう。昨日のやつの仲間か？」

「違う」

「だが、怪しいやつが次から次におまえを訪ねてくるじゃないか」

「昨日の人のことは、おるも信用しとらん。すぐに追い返した」

「追い返すなら、きちんと門の外までつまみ出せ。取り巻きを連れて、しばらくうろうろしていた。仕事の邪魔をされた者もいたぞ」

「何だと？　初耳だ」

菊治たちの声を背中に聞きながら、瑞之助は登志蔵の動きを目で追った。

登志蔵は一の炉に近づいた。すでに火の入った一の炉をのぞき込み、火箸で掻き回す。

ぼっと火が噴き出した。

登志蔵は身を翻して炉から離れる。一の炉をあきらめ、燃え盛る二の炉にちらりと目を向け、三の炉に向かう。

まだ火が入っていない三の炉で、登志蔵は何かを見つけた。それを拾い上げ、中身を確かめる。四の炉を掻き回す。炭の下からまた何かを拾う。

登志蔵は炉から取り出したものを手に、鍛冶場から飛び出してきた。

「水をぶっかけて大丈夫だ！　消し止めろ！」

登志蔵の指図を受けて、幾人もの刀工たちが水の桶を抱えて鍛冶場に飛び込んだ。熱波に押されながらも、炎に水をかける。猛烈だった火勢が静まっていく。

瑞之助と菊治は、登志蔵に駆け寄った。

「登志蔵さん、やけどは？」

「後でいい。瑞之助、懐紙(かいし)を出せ」

登志蔵は、顔を覆う手ぬぐいをむしり取った。

「炉の中から何を見つけたんですか？」

「こいつだよ」

炭と同じ黒い色をした、布の小袋である。地面に広げた懐紙の上で小袋を破る。中身は白い粉だ。いくぶん湿っており、小さなかたまりになっている。

「何ですか、これ」

「火薬の材料になる硝石の類（たぐい）だが、より燃えやすくなるよう、いじってあるんだと思う。硝石なら、桃色の火花が散るはずだしな。ここの火はあの色じゃなかった。アンモニアをくっつけたやつか？　純度の高いのを作るには技がいる。こんなもんを作れるのは……」

登志蔵の体がぐらりと揺れた。

「大丈夫ですか？」

瑞之助は登志蔵の体を支え、腕を取った。顔や頭を庇（かば）ったためだろう、両腕ともに、手の甲から前腕にかけて赤く腫（は）れ始めている。

登志蔵は力なく笑った。

「ちょいとしくじったなあ。炉のそばが、思ったより熱くてさ。首筋がひりひりする」

「診（み）ますよ」

瑞之助は登志蔵の背後に回った。登志蔵の髷（まげ）は独特だ。わざと崩した結（ゆ）い方をしているのだが、こぼれ毛が火の粉を浴びてしまったらしい。触れると、焦げた毛先がぱらぱらと落ちた。

鍛（きた）えている者ならではの太い首筋が、すでに真っ赤に腫れている。襟元からのぞき込めば、肩のほうまで赤く腫れ、点々と水ぶくれができている。

「瑞之助、どうだ？」

「首の左側から左肩にかけて、赤くなっています。背中のほうにも、やけどが広がっているみたいですね」

「だろうな。一の炉が火を噴いたとき、とっさに背を向けた。そのときに熱波を浴びたんだ。やけどした肌の色は、赤いよな？」

「はい。赤く腫れています」

「白とか黒とか青とか、いかにも肌が死んだような色にはなってねえんだな？」

淡々と確かめる言葉に、瑞之助は少し震えた。

「大丈夫です。ひどい日焼けのような赤みと、ぽつぽつした水ぶくれだけ。着物の下も確かめますか？」

「いや、今はいい。ちゃんと痛みもあるから、肌は死んでねえってことだ。水ぶくれくらいなら、冷やして膏薬でも塗ってりゃすぐ治る。菊治、盥に水をもらえるか？」

菊治は顎をしゃくった。

「冷やすなら、池に入ってくれてかまわん。鍛冶仕事にやけどや小火はつきもののやけんな。そのための池で、水もきれいなはずだ。紫雲膏もあるけん、もらってくる」

「そいつは助かる」

登志蔵は袴を脱ぎ捨て、懐や袂のものを袴の上に放り出して池に入った。幾人かの刀工が登志蔵にやけどの具合を尋ねている。

遠巻きに見ている者もいる。そのうちの一人と、瑞之助は目が合った。何となく会釈をすると、相手は顔をしかめて近寄ってきて、小声で告げた。

「菊治さんの知り合いだから大目に見ていたが、あの派手な男前のことを疎んじてる者も多い。さっさと帰ったほうがいいかもしれねえぞ」

「どういうことです？　私たちが蛇杖院の者だからですか？」

男は目を丸くした。

「蛇杖院から来たのか？　そいつは知らなかった。蛇杖院にはとんちきな医者ばかりいると聞くが……しかし、あんたはまあ、まともそうだな」

「そうでしょうか」

「とにかく、あっちの派手な蘭学者は悪い噂がある。腹の中で何を考えているんだか、わかりゃしねえ。あんたも気をつけるんだな」

去年の今時分には、真樹次郎が登志蔵を悪く言っていた。登志蔵が肝心なときにふらっといなくなるのを非難していたのだ。

だが、それもわけがあってのことだったと、今は瑞之助も真樹次郎もわかっている。登志蔵自身、近頃はおこないを改めており、今日はどこに行って何をすると、真樹次郎に知らせてから出掛けている。

男は苦々しげに言った。

「ただでさえ蘭学者ってのは得体が知れねえだろう。水心子先生は蘭学にも興味をお持ちだが、俺はどうも気味が悪くてしょうがねえよ。さっきの小火だって、ご禁制の火薬でも仕掛けられてたんじゃねえか？」

「火薬ではないそうです。登志蔵さんがそう言っていました」

「そうかい。何にしても、わけがわからねえことには変わりねえな。鍛冶場が水浸しだ。今日は仕事にならねえぞ。いや、今日一日で片づけが終わればいいが。一体全体、何だってんだろうな」

がっくりとうなだれる男を、瑞之助は気の毒に思った。

「誰が何のために、あんなことをしたんでしょうね」

「まあ、嫌がらせをされることもあるんだ。水心子先生は偉大なかただが、そのせいで妬まれてもいる。俺らは、いざというときにゃ盾にならねばと腹を括ってんだよ。とはいえ、炉をやられるのはなあ」

登志蔵が声を張り上げた。

「おい、瑞之助」

「あ、はい」

瑞之助が池のそばに駆け寄ると、登志蔵は濡れた着物をゆっくりとはだけながら言った。

「やけどのときはな、着物を剝ぐよりも水で冷やすほうが先だ。湯によるやけど、火によるやけど、油によるやけどと、いろいろあるが、酸によるやけどで弱った肌を傷つけるのは悪手だ。着物を肌から剝がすより先に、とにかく冷やせ」

痛ぇな、と呻きながら、登志蔵は着物を脱いだ。

初夏とはいえ、池に入るのは寒かったようで、登志蔵の肌は粟立っている。首筋から肩にかけてぽつぽつとできた水ぶくれは、先ほどよりも数を増やしていた。

「肌を傷つけるのがまずいなら、水ぶくれを潰すのも駄目なんですね？」

「潰すな。そこから爛れることがあるからな。桜丸の言葉を借りるなら、穢れが傷口から入り込んで、肌を病ませるんだよ」

登志蔵は首を巡らせ、肩や腕のやけどの具合を確かめた。瑞之助は、登志蔵には見えないところの様子を伝えた。

「首の後ろのやけどは、左の前腕と同じくらいに見えます」

「しばらくはひりひり痛みそうだが、これなら痕も残らねえだろう」

菊治が薬や手ぬぐいを持って戻ってきた。責を負うべき立場の者だろうか、五十ほどの年頃の、屈強な体軀をした男を伴っている。

屈強な男は鍛冶場のほうに向かった。すでに火は消され、刀工たちは片づけに入っている。

瑞之助は菊治をつかまえ、いっそう声をひそめて問うた。

「先ほどの火は、付け火になるんでしょうか？　火消しを呼ばずには済んだものの、ご公儀の咎めを受けるのでは？」

「いや、わざわざ大事にはせん。鍛冶場での小火は、たまにある。ご公儀にも便宜を図ってもらえるはずだ」

「しかし、あの燃える粉は？　誰が何の目的のために、炉を燃やす仕掛けなんか施したんでしょう？」

「瑞之助さん、ぬしは心配せんで大丈夫だ。登志蔵さんのやけどを診てやってくれ。着替えもすぐに持ってくる」

菊治は瑞之助に紫雲膏を押しつけた。

鍛冶場へ向かう菊治の背中に、登志蔵は声を掛けた。

「面倒を掛けて、すまねえな。俺の蘭学の知恵が役に立つようなら言ってくれ」

刀工たちが一瞬、口をつぐんで登志蔵のほうを見た。誰もはっきりとは何も言わない。だが、訝しむ目と疑う目が登志蔵に集まった。

振り向いた菊治だけが、落ち着き払って登志蔵に告げた。

「近頃、水心子先生と関わりを持っとる蘭学者は、登志蔵さんだけじゃなか。こちらの心配よりも、登志蔵さんは自分の身の心配をしたほうがよかろう」

「そうかい」

登志蔵は笑顔で応じた。が、その目は笑っていなかった。

四

浜町屋敷を出るところまでは陽気に振る舞っていた登志蔵だが、道々、次第に口数が減っていった。瑞之助が話し掛ければ答えを返すものの、その声からもだんだんと張りが失われていっていた。

昼を過ぎたところの日本橋はにぎわっている。しかし、登志蔵は行きつけの煮売り屋や蕎麦(そば)屋にも足を向けようとしなかった。黙って歩く姿からは覇気が感じられない。

両国橋を渡ったあたりで、瑞之助はついに問うてみた。

「少し休んでいきませんか?」

菊治に借りた小袖を着流しにして十徳を羽織った登志蔵は、けだるげに顔を上げ、かぶりを振った。

「いや、このまま行こう。座ったら動けなくなりそうだ」

瑞之助は登志蔵の顔をのぞき込んだ。

漢方医術においては、顔色が診療の手掛かりになる。瑞之助はそれを見分けるのが苦手だ。まだ十分に経験を積んでいないので、かすかな色の違いに気づけない。

それでも、今の登志蔵の顔色はわかった。血色がよいはずの唇が、真っ白になっている。熱波を浴びた額や頬が赤くなっているぶん、なおのこと唇の白さが際立っていた。

「体が冷えてしまったんじゃないですか？」

「あれしきの行水でか？」

「顔色がひどく悪いですよ。私でもはっきりとわかるくらいです」

登志蔵はあきらめたように笑った。

「瑞之助、覚えておけ。俺はおそらくこれから熱が上がる。やけどをしたり、傷を負ったり、歯を引っこ抜いたり、骨を折ったりした後は、熱が出ることがあるんだ。目や耳のちょっとした病を患（わずら）うだけでも、人の体は熱っぽくなる」

「それは一体なぜなんでしょう？」

「さあな。今の世の医術は未熟だ。けが人が熱を出す理由も、これだと言えるほど確かなことがわからねえ。一つだけ言えるのは、人の体は思いのほか、けがに弱いってことだ。小さな傷がひでえ病を引き起こすことだってある」

「登志蔵さんのやけどは？」

「これは大丈夫だ。きちんと処方された膏薬で、傷んだ肌や水ぶくれをすべて覆った。穢れは入り込まねえ。心配するな」

「でも、熱は出てしまいそうなんですね」

「やけどの範囲が広いせいかな。ああ、くそ。寒気がしやがる。せめて小梅村まで保ってくれよな」

登志蔵は己の体に悪態をついた。

「負ぶって帰りましょうか？」

「馬鹿言うなよ。大の男が昼間からそんなことできるもんか」

瑞之助は、濡れた着物や袴を包んだ風呂敷を、登志蔵の手から奪った。

「なるたけ早く蛇杖院に帰りましょう。真樹次郎さんに診てもらうのがいちばんです」

「そうだな。やたらと喉が渇く。すっとするものがほしいな。水菓子でもいい」

「登志蔵さん、水菓子が好きでしたっけ？」

「好きというより、あって当たり前のもんだったんだよ。昔、熊本にいた頃は。蜜柑（みかん）も梨もあったし、今の時季は枇杷（びわ）か。珍しいところではマルメロの蜜漬けも、ときどき食ってたな」

「マルメロというのは、江戸では聞いたことがありませんね」

「西洋からの舶来品の花梨（かりん）だ」

「珍しいものなんですね。熊本は江戸より水菓子がよくできる土地柄なんですか？」

「そうかもな。水が豊かで暖かいからさ。海に近いあたりは、あまり雪も降らない。まあ、阿蘇（あそ）の山のほうに行けば、夏でもひんやり寒いくらいだったが」

登志蔵が故郷の話をするのは珍しい。

実家に勘当されて帰れないと聞いている。江戸で蘭学修業をしていた頃、何かがあって、そのために勘当されてしまったらしい。

登志蔵はかぶりを振った。

「いや……くそ、何が熊本の水菓子だよ。やっぱり今日はもう駄目だ。いらねえことばかりしゃべっちまう」

「登志蔵さん」

「黙っててくれ」

瑞之助は、それでも問うた。

「引っ掛かることがあるんでしょう？　ひょっとして、あんな仕掛けをしそうな人を知っているんですか？」

「黙ってろ。考えがまとまらない。必要があれば話す」

さほど強い口調ではなかった。しかし、瑞之助はそれ以上、食い下がれなかった。

蛇杖院に着くなり、登志蔵は何も言わずに自分の部屋に引っ込んだ。

登志蔵の部屋は、医者が住む一の長屋にある。瑞之助は見習いなので、下働きの者が住む二の長屋に部屋をもらっている。

瑞之助は厨（くりや）から飲み水をもらい、登志蔵に届けた。登志蔵は、ごちゃごちゃといろんな珍品を並べた部屋の真ん中で、辛うじて広げた布団の上にうつぶせに倒れていた。着替えるどころか、帯すら解（ほど）いていない。

部屋の奥の刀掛けに、同田貫の大小と女物の短刀だけは、きちんと置かれている。

登志蔵はどうにか起きて水で口を湿すと、呻きながら、またうつぶせになった。

「つらそうですね。真樹次郎さんの手が空いたら登志蔵さんを診てもらうように、頼んできます」

瑞之助が声を掛けると、登志蔵は顔も上げずに右手を振った。

蛇杖院の「館」は変わった造りだ。四合院(しごういん)という、唐土風の造りを模してあり、四つの棟で中庭を囲んでいる。

登志蔵が蘭方医術による療治をおこなうときは、北棟の一室を使う。北棟はまた、数日にわたる療治や療養が必要な者を寝泊まりさせるのにも使われる。

病者の寝泊まりといえば、瑞之助は去年、東棟で世話になっていた。たちの悪い流行りかぜ、ダンホウかぜをこじらせたときのことだ。

細長い造りの東棟は、あちこちに敷居があって、そこに障子や襖(ふすま)を立てれば、多数の部屋に分けられる。きっちりと仕切った一室に一人の病者を寝かせて、看病をするのだ。

東棟から中庭を挟んで向かいに見える西棟は、蛇杖院の主(あるじ)、玉石(ぎょくせき)の住まいである。書庫と薬庫も兼ねた棟だ。硝子(ガラス)をはめ込んだ窓からして、玉石のオランダ道楽がよくわかる。

門から入っていちばん近いところにあるのが、南棟である。診療部屋や待合部屋を備えており、蛇杖院を訪ねてくる多くの者はこの南棟で用が足りる。

真樹次郎は日中、南棟に詰めていることが多い。

気難しくて頑固な真樹次郎だが、病者を前にすると、にこやかな顔も優しい声音(こわね)も使ってのける。瑞之助は、医者としての柔らかな態度を先に知っていたので、素顔の真樹次郎のそっけなさに驚いたものだ。

瑞之助は南棟に向かった。

その途中、おうたがひょっこりと姿を現わした。

「あれ？　瑞之助さん、今日はいないんじゃなかったの？」

おうたは齢七つの幼さだが、姉のおふうと共に蛇杖院に通ってきて、女中として働いている。瑞之助にはよく懐(なつ)いており、子守りや洗濯などを手伝ってくれる。

瑞之助は、おうたの前にひざまずいて、目の高さを合わせた。

「思いがけず、早く帰ることになってしまったんだ。もう少ししたら、いつものように手習いを見てあげるよ」

「やった！」

おうたは、ぱっと笑顔になった。愛くるしい子だ。この一年の間に髪が伸び、しゃべる言葉がずいぶんしっかりしてきた。

「ところで、真樹次郎さんは南棟にいるかな？」

おうたは小首をかしげた。

「いるはずだよ。瑞之助さん、何か心配事？」

「登志蔵さんが熱を出してしまったんだ。だから、真樹次郎さんに診てもらおうと思ってね」

「それは大変ね。うた、お薬を飲ませるお手伝い、できるよ」

「私がダンホウかぜで寝込んでいたときも、おうたちゃんが薬を飲ませてくれたよね。登志蔵さんのこともお願いしようかな」

「お熱があるなら、お水で冷やしたほうがいいんでしょ？　お水の用意、してこようか？」

おうたは病者の世話に慣れている。母が肺を患っており、倒れたり寝込んだりするのがしょっちゅうだそうだ。

瑞之助はおうたの頭をぽんと撫でた。

「ありがとう。水の用意をお願いするよ。おふうちゃんか泰造さんにも手伝ってもらって」

「うん、わかった」

おうたは身軽に駆けていった。

瑞之助は南棟の診療部屋をのぞいた。

ちょうど人の訪れが途絶えたところだったらしい。真樹次郎は気だるげに頬杖をついて、書物を読んでいた。障子を開け放った窓から爽やかな風が吹き込んで、ほつれた髪をふわふわと遊ばせている。

一幅の絵のように、その姿はさまになっていた。

真樹次郎は瑞之助に気づいて顔を上げた。

「ずいぶん早く帰ってきたんだな。刀は買えたのか？」

「いえ、それが、ちょっと困ったことになって。登志蔵さんがやけどを負って、熱を出してしまったんですよ」

真樹次郎の顔つきが変わった。

「ひどいやけどか？」

「やけどは軽いものです。赤く腫れて、水ぶくれがところどころにできているくらいです。ただ、腫れている範囲が広いんですよ」

「登志蔵はどこにいる？」

「部屋で休んでいます」

　真樹次郎は書物を置き、座を立った。

　瑞之助は、一の長屋に向かう道すがら、真樹次郎に鍛冶場でのことを話した。登志蔵にしかわからないような、燃える粉が炉から出てきたことも伝えた。

　登志蔵の部屋の戸をそっと開けると、呻くような声が聞こえた。

「……おるが間違うた。治しきらん。斬ってもやれん。きんごよ、すまん。もう遅か。すまん、きんご……」

　登志蔵は布団の上で体を丸めていた。うなされているようだ。かすれた声で紡がれる言葉は、瑞之助には聞き取りにくかった。

　熊本の訛りだ。

　すまんと謝りながら、「きんご」という名を呼んだように聞こえた。

　瑞之助と真樹次郎は目を見合わせた。登志蔵は二人の気配に気づかず、うわごとをつぶやきながら眠っている。

登志蔵の体の調子が万全なら、こんなことはあり得ない。登志蔵は獣のように敏感で、妙な物音がすればすぐに飛び起きる。

真樹次郎は肩で息をすると、足を鳴らして部屋に上がり込んだ。

「寝るなら、きちんと寝ろ。治るものも治らんぞ」

登志蔵はようやく目を開けた。呼吸が荒い。

「……ああ、お真樹か」

「息苦しいのか？」

「いや、夢見が……何でもねえ。熱が出て、だるいだけだ。寒気がするのに、肌は熱い」

「やけどの具合は？」

「一応、薬は塗ってある。膿んではいないと思うが」

「後で桜丸に手当てをしてもらえ。俺は薬を煎じてくる。麻黄湯でいいだろう？　瑞之助、水と梅干を持ってきてやれ。広い範囲のやけどをすると、自分で思う以上に津液が損なわれる。そうすると、暑気中りのような証を呈して、快復が遅れる」

津液とは、体の内を満たす液の総称である。登志蔵は吐いたり腹を下したりしているわけではない。だが、目に見える形ではなくとも、体の中では確かに何かの均衡が崩れているのだ。ゆえに熱が出て、ぐったりしている。

「わかりました。水を飲ませるのがいいんですね」

「ああ。江戸は火事が多いからな。やけどの診方はしっかり身につけるんだ」

真樹次郎は淡々と告げ、部屋を出ていった。

登志蔵はその背中を見送ると、まぶたを閉じた。

「お真樹は江戸で生まれ育ったんだもんな。火事と喧嘩は江戸の花ってか。頼りになるぜ」

訛りは鳴りを潜めている。歯切れのよいしゃべり方は、いつものとおり聞き取りやすかった。

第二話　切るか否か

一

江戸の土を踏むことは二度とあるまいと、あのときは思っていた。

しかし、文政五（一八二二）年の春、浅水仙周は江戸に戻ってきた。実に三年と二月ぶりである。

仙周は初め、深川の裏長屋で起居していたが、すぐ後に、霊岸島にある古寺の塔頭に移った。以来、すでに二月ほど、人目を忍んで暮らしている。仮住まいの身の上であるから、ろくな荷物も持たずにいる。蔵書もすべて陸奥国盛岡の実家に残してきた。

手元に置いているのは、数冊の帳面である。表紙をめくれば、横文字と和語とがびっしりと書き込まれている。

　かつて鉄砲洲稲荷のそばにあった蘭学塾では、オランダ語で記された舎密学の論文を、推測を交えながら読み解いていた。論文から得られた知識を検めるべく、さまざまなモノの分離に熱中したものだった。帳面はその頃の記録である。

　そんな帳面など、捨てていないだけで、読み返しはしない。懐かしさと、それをはるかに上回るいまいましさが、仙周の胸にある。

　夏四月の訪れと共に、待ち焦がれた人がようやく江戸にやって来た。

　向島若宮(むこうじまわかみや)村の、椿(つばき)屋敷と呼ばれる一軒家に、かの人は住まうという。もとはどこぞの金持ちが妾宅(しょうたく)としていた屋敷だが、半年ほど空き家になっていたそうだ。

　仙周は口入屋を介して小女を雇い、屋敷の掃除をさせた。あと幾日か余裕があれば、庭の手入れもさせておきたかったが、伸び放題の草をざっと刈ることしかできなかった。

　落ち着かない心地でその日を迎え、仙周は三年と四月(よつき)ぶりに、かの人と再会した。

　蘭部百合は、相変わらず美しかった。ただ、ずいぶんと痩(や)せていた。

「まあ、驚いた。仙周、あなたが出迎えてくれるだなんて、聞いていなかったわ。久しぶりね。あなたも江戸に戻っていたのね」

「はい。桂策から文をもらいまして、盛岡から戻ってまいりました」

「やっぱり桂策の差配なの。だったら、桂策も前もって教えてくれればよかったのに。わたしを驚かせたかったのかしら?」

「どうでしょうか。私の話をしたくなかっただけかもしれませんよ。あやつは昔から、他人に対してそっけないところがありますし、どうも私は煙たがられていたようですから」

「でも、桂策はあなたにも声を掛けた。蘭学の先達として敬意を持っているからこそではない? こたびのことには、蘭学や蘭方医術の知恵と技がどうしても必要ですもの。桂策はあなたを蔑ろに思っているわけではないわよ、きっと」

着物も化粧も髪飾りも、かつての百合に比べると、きわめて質素だ。そうでありながら、笑顔になれば、ぱっとあでやかな花が開くかのよう。

とうの昔に枯らしたはずの片恋が、かすかな痛みを伴って疼(うず)いた。

いや、感傷を吹っ切ることができずに独り身でい続けているのは、仙周だけだ。百合はすでに婿を取ったと聞いている。あの頃とて、右眉を酸で溶かした異相の仙周は、百合に見向きもされていなかった。今さら古い片恋の感傷など、何になろうか。

仙周は落ち着き払ったふうを装い、百合をねぎらった。

「病を押しての長旅だったのでしょう？ ゆるりと休まれてください。住まいの支度は整っておりますよ」

「ありがとう。病といっても、体がさほどつらいわけではないのよ。でもね、水戸から歩きどおしだったから、もう脚がくたくた。江戸にいた頃は、どんなに遠くへ出掛けても、へっちゃらだったのにね」

旅姿の百合は、短くした着物の裾をちょいと持ち上げ、脚絆に包まれた脛を見せた。おきゃんな仕草の一つひとつに、仙周は懐かしさを覚えた。

文政元（一八一八）年の冬、百合の父である洋斎は蘭学塾を畳んで江戸を引き払い、郷里の水戸へ帰った。仙周は水戸まで藺部父子に付き添った。

その頃の百合は、目を離すことができなかった。ふとした弾みで涙を流し、鋏を己の喉に突きつけようとした。煎じていない生薬を酒で大量に服用したときは、とにかく急いで吐かせた。腰紐を輪にして首に掛け、じっと宙を見つめていたこともあった。

水戸で薗部父子の住まいの手配をしたのは、薗部家の遠縁にあたる学者だった。新しい屋敷で暮らすようになると、次第に百合は落ち着いていったらしい。百合はその学者を婿に迎えて所帯を持った。そう手紙で知らされ、仙周はほっとした。あんなふうになってしまった百合を支えていける自信は、仙周にはなかった。遠くで百合が幸せになってくれればとだけ願った。

薗部家とのつながりは、それっきりになっていた。二度と会うとは思いもしなかったが、人の縁とはわからないものだ。

病を得た百合は、治療の望みをかけて江戸に出てきた。仙周はその手助けのために呼ばれ、こうしていくつかの仕事をこなしている。桂策の指図に従う形になっているのは業腹だが、目的は同じであるはずだ。ならば、手を組むのが理にかなうというものだろう。

百合は椿屋敷の庭に立ち、ぐるりと見渡した。

「思っていたよりも広い屋敷ね。ほら、江戸は人が多いから、どうしたって手狭なところが多いじゃない？　昔住んでいた屋敷はまあ広かったけれど、長屋や離れがあって、庭にも所狭しと草木が植えられていて、にぎやかで人の気配に満ちていたわ」

「この向島は江戸の外れですから、田畑も多ければ、池も林もあります。のびのびとして、景色の美しいところですよ。お嬢さんもゆっくり養生できるでしょう」

百合は噴き出した。

「お嬢さんだなんて、懐かしいこと。わたし、とっくにおかみさんになっているのよ」

「あまりそんなふうには見えませんよ」

「年相応に老けたわ。今、二十六よ。信じられる？　あの菫吾よりも年上になって、それでもまだ生きているの。不思議で仕方がないわ」

百合は、何でもないかのようにその名を口にした。

菫吾。

姓は澄川といった。

九州は肥後国熊本の生まれ育ちで、江戸の言葉をしゃべるときにも、いくらか訛りが残っていた。熊本三羽鳥のうち、ほかの二羽はたちまち垢抜けていったが、菫吾だけは浅葱裏(あさぎうら)の朴訥(ぼくとつ)さを保ったままだった。どことなく、かわいげのある男だった。

不意に、百合の顔が強張（こわば）った。

と思うと、百合はふらふらとした歩みで庭を横切った。

庭の隅でへたり込んだ百合は、生け垣の代わりに植えられた椿の木の根元を見つめ、じっと動かない。

仙周は怪訝（けげん）な気持ちで百合の背後に立った。

「お嬢さん、どういたしましたか？」

百合は応じない。じっとうなだれている。その肩が震えているのが見て取れた。

仙周は百合の傍らに回り込んだ。そして、百合が何を見つけたのかを知った。

仙周は思わずつぶやいた。

「すみれの花か……我らにとっては、不吉だ」

草を刈ったとき、野花の類はすべて除いたはずだった。が、小さな青いすみれが人の手を逃れていたらしい。

百合は、震える手に数珠を握り締め、ぶつぶつと何かをつぶやいた。読経（どきょう）かと思ったが、違った。

「ごめんなさい、ごめんなさい、ごめんなさい」

百合はただ詫びていた。聞き届ける者はすでに亡い。にもかかわらず、詫びずにはいられないのだ。

花を見ると、百合は発作のように過去の苦しみにとらわれることがある。桂策からの手紙で知らされていたとおりだった。

日頃は何でもないように振る舞っていても、百合の心は今なお脆い。

寝つきがよくないという。そのくせ朝も早い。日中、休んでいることがない。掃除や針仕事や料理に勤しんだり、あるいは近所の子供の手習いを見てやったり、父や夫の仕事を手伝ったりと、とにかく何でもよいから働きたがる。

まるで己の体を痛めつけるかのようだ。もっと休ませねばならない。だが、仕事を取り上げると、たちまち心の均衡が崩れる。

菫吾よ、すみれを号にしていた男よ。おまえは、こうなることを予期していたのか？　これはおまえの復讐なのか？

仙周は苦々しく思った。それから、そっとかぶりを振った。

死者をなじっても詮無きことである。そもそも、菫吾が己の命を賭してまで赤心を明かさねばならなかったのは、鶴谷登志蔵が裏で糸を引いたせいだ。菫吾は登志蔵の罠にかかったがために、死なねばならなかった。

そして、菫吾の死が引き金となって、何もかもが壊れてしまった。仙周も蘭学者として身を立てていく道を失い、郷里の盛岡でみじめたらしく引きこもることとなった。

憎むべきは、登志蔵である。

あやつだけはいまだに江戸にいて、のうのうと暮らしている。蘭方医としてなかなかの評判だとも聞く。

「許してはおけん」

仙周はつぶやいた。

うなだれた百合の細い首筋には、小さく尖った頸骨の形がくっきりと浮かび上がっている。瘦せすぎだ。塾生たちを惑わせていた、美しく白いうなじではない。

あまりにか細い後ろ姿が哀れでならなかった。

二

四月は若葉のきらめきが美しい。月の半ばを過ぎて、夏らしさが増してきた。

青くさい若葉の匂いには、甘酸っぱいような花の香りが混じっている。

「何の花の匂いなんだろう？」

洗濯物を干す手を止めた瑞之助に、初菜は小首をかしげた。

「さあ、何でしょうか。蛇杖院には珍しい花も咲いていますから、よくわかりませんね」

初菜も今日は蛇杖院にいて、診療の合間に洗濯や掃除をこなしている。

蛇杖院に来たばかりの頃の初菜は、一人ですべてを背負い込もうとするかのように、ここに寄りつかなかった。巴が護衛を引き受け、桜丸が説得を重ねるうちに、少しずつ心を開いてくれたようだ。

打ち解けてみれば、初菜は頼もしい。産科の書物の読み解きに力を貸してくれる。調薬の手際がいいし、漢方医術もひととおりの心得があるので、真樹次郎からも頼りにされている。

本当のところ、瑞之助には、もやもやした気持ちもあった。真樹次郎に片腕として認められたいと思っているのに、瑞之助はまだ力が足りない。初菜が一足飛びに追い越していったのが、どうにも悔しかった。

そういうことを、思い切って初菜に打ち明けてみたら、呆れられた。

「一足飛びだなんて。わたしがこれまでに何年医術に携わってきたか、知ってます？　父は医者で、祖母は産婆で、どちらも薬を作っていました。わたしは十になる頃にはもう、薬研をひいていたんですよ」

「確かにそうですよね。いや、面目ない」

瑞之助は恥ずかしかったが、正直に気持ちを吐き出したのがよかったらしい。あれ以来、初菜のまなざしがずいぶん和らいだ。

登志蔵が浜町屋敷の鍛冶場でやけどを負ってから、七日が経っている。熱は、あの出来事の三日後に下がった。水ぶくれが膿むこともなく、治りは順調だ。とはいえ、汗をかくのも土にまみれるのも桜丸によって禁じられたため、剣術稽古ができない。暇を持て余した登志蔵は、おとなげないことに、いたずらばかりしている。

今朝は真樹次郎が寝起きでぼんやりしているのをいいことに、その髪を戦国武将のような茶筅髷に結ってしまった。もちろん真樹次郎は激怒したが、登志蔵は猿のような身の軽さで柿の木に登り、難を逃れた。

先ほどは、おうたをつかまえて怪談話を聞かせていた。それがあんまりにも怖かったせいで、おうたは瑞之助のところに逃げてきて、ぎゅっとくっついて泣きべそをかいた。

まったくもっていつもの登志蔵である。瑞之助は、真樹次郎やおうたをなだめてやりつつ、ほっとしている。

体が弱れば心も弱るという。熱を出したときの登志蔵のうわごとは、聞かなかったふりをすべきだろう。瑞之助の刀の件は宙ぶらりんだが、登志蔵が快復し次第、また菊治を訪ねることにしている。近いうちに、すべてがもとのとおりに落ち着くはずだ。

洗濯物を干し終わった。

「次は何をすべきかな」

そろそろ昼の四つ半になろうか。昼餉にはまだ少し早い。掃除をしようか。

初菜はきびきびと指図した。

「真樹次郎さんの手伝いに行ってはいかがです？　そちらも手が空くようなら、書物の読み解きを。幼子の命を救える医者になりたいのでしょう。身につけておくべきことは、いくらでもあるはず。掃除に洗濯、水汲みばかりがあなたの仕事ではありませんよ」

瑞之助は首をすくめて苦笑した。

「そのとおりですね。精進します」

姉のような人だと、何となく思う。瑞之助の実の姉は年が離れているが、もしも二つ年上のしっかり者の姉がいるならば、きっとこんな感じだ。

「十年、といったところでしょうね。見習いではなく医者であると、自信を持って名乗れるようになるまで、きっと十年くらいかかります。もしかしたら、それ以上かもしれませんが」

「長い道のりになることは覚悟の上ですよ。しかし、十年も経てば、おうたちゃんはもう子供ではありませんよね。私に幼子のための医者という大願を抱かせたのは、おうたちゃんでしたが」

去年の冬の初め、おうたは腹の疫病にかかり、生死の境をさまよった。赤子や幼子の命はあまりに儚(はかな)いのだ。七つまでは神の内といって、齢(よわい)七つを迎えるまで、子供はいつこの世を去ってしまってもおかしくないとされている。

瑞之助は、それを変えたいと思った。苦しむ幼子を前に、ただ手をこまねいて死を受け入れるしかないなどと、あきらめるのは嫌だった。一つでも多くの命を己の手で救いたいと、強く願ったのだ。

初菜はさらりと言ってのけた。

「瑞之助さんが一人前の医者になったら、おうたちゃんが瑞之助さんの面倒を見てくれるそうですよ」

「はい？　え、何ですか、それは？」

思わず訊き返した瑞之助がよほど間の抜けた顔をしていたのだろう。初菜はくすくすと笑った。

「あら、まだおうたちゃんからは何も聞かされていないのですか。大きくなったら何になりたいか、おうたちゃんに尋ねてみたらいかがです？」

尋ねずとも、おおよその見当はつく。だが、まじめな初菜にそんな話を持ち出されると、驚きと気まずさのあまり、何と返してよいものやら、わからなくなる。

瑞之助は、かゆくもない頬を掻いた。

ちょうどそのときだった。

門のほうから女の声がした。しなやかで芯の通った、歌うような声だ。

「ちょいと、ごめんくださいよ。治療をお願いしたいんだけど」

瑞之助はその声に聞き覚えがあった。門の外から裏庭にまで声を響かせてしまう、その声の大きさにも。

一の長屋の部屋から、登志蔵が転がり出てきた。

「おいおい。今の声、鴉（からす）だろう？」

「ええ、鴉奴（からすやっこ）さんだと思います」

「ちょっと瑞之助、見てきてくれ。俺は身支度を整えてから顔を出す」

「わかりました」

瑞之助は慌てて門のほうへ走った。

人気の辰巳（たつみ）芸者、鴉奴は、齢十八にして深川でも屈指の歌い手と評判がよい。若い娘にしては低く太い声も、情念を揺るがす唄を唸るなら、この上ない強みだ。

その素顔を知る者はいない、と言われている。己の姿を隠したまま、奇抜な趣向で客を楽しませるのだ。情感たっぷりの唄と共に、あるときはからくり人形を踊らせ、あるときは影絵芝居を繰り広げ、あるときは噴水芸で場を沸かせる。

以前は鴉奴の姿を見ることさえまれであったのが、近頃は案外そうでもない。

春先にちょっとした出来事があった。鴉奴はわけあって怪しい薬に手を出し、そのせいで倒れてしまったのだ。たまたまそこに居合わせた登志蔵が治療にあたり、鴉奴の目を見て話をした。

あれ以来、鴉奴は黒塗りの狐のお面をつけて出歩くようになった。登志蔵とはよく会ったり手紙を交わしたりしているようだ。

瑞之助は、門の表まで迎えに出た。男物の黒い羽織をまとった鴉奴は、お面越しに微笑の気配をうかがわせた。

「ああ、よかった。瑞之助、いたんだね。小梅村ってずいぶん静かなもんだから、ちょっとびっくりしちゃった。登志兄（にい）は？」

「いますよ。どうかしましたか？」

「あたしのところの幇間（ほうかん）が、痛い痛いって言って寝込んじまって、どうしようもないんで連れてきたの」

鴉奴は肩越しに二つの駕籠（かご）を指差した。空のほうの駕籠は鴉奴自身が乗ってきたものだろう。もう一つの駕籠では、幇間とおぼしき男が、体を丸めて脂汗（あぶらあせ）を浮かべている。

幇間とは、男の芸者のことだ。深川の幇間は女芸者の付き人を務めたり、その芸の助けをなしたり、宴席を切り盛りしたりと、仕事は多岐にわたる。

瑞之助は幇間のそばに膝をつき、顔をのぞき込んだ。

「おつらそうですね。腹が痛むのですか？」

品のよい柔らか物を着流しにした幇間の顔に、瑞之助は何となく見覚えがあった。今年の春に鴉奴のお座敷に呼ばれ、唄を聴いたことがある。そのときに鼓を打っていた幇間のうちの一人だろう。年の頃は四十五ほどか。

幇間は息も絶え絶えに名乗った。

「八十介と申します。痛みは、そりゃあ、痛いんですがね……鴉姐さんには、ちょいと、聞かせづらい話になりやすんで……」

鴉奴は腕組みをして鼻を鳴らした。

「八十介には、あたしと同い年の娘がいるんだ。それで、あたしのことも妙に子供扱いするの」

狐のお面の下では、つんと唇を尖らせているに違いない。表情は一つも見えないのに、声が情感豊かなせいで、鴉奴の心の動きは素直に伝わってくる。

門の内側から、朝助がおずおずと顔をのぞかせた。

「瑞之助さん、手前がお助けしましょうか？　そちらの旦那、歩くのは難しいでしょう。両側から支えれば、いけますか？」

「そうですね。よろしくお願いします」

下男の朝助は四十余りの年頃で、働き者の穏やかな男だ。背丈はさほどでもないが、がっしりと分厚い体つきで力が強い。瑞之助が仕事に慣れなかった頃、一つひとつ丁寧に教えてくれていたのが朝助だ。

朝助はめったに人前に姿を現わそうとしない。ぱっと目立つ色の大きなあざが、その顔にあるのだ。

案の定と言おうか、駕籠かきたちが朝助の顔を注視した。朝助は顔を伏せた。

鴉奴は、ああ、と歌うように言った。

「あんたが朝助だね。あたしのお仲間だ」

朝助はびくりとした。

「て、手前が……何ですって？」

「お仲間って言ったの。あんたのことは登志兄から聞いてる。あんたもお面をつけたらどう？」

鴉奴が笑うと、のぞき穴の奥の目がギラギラと輝いた。鴉奴は、その強く輝く目で一同を見回した。

「さあ、八十介を中に運んで、診てやって。八十介がお座敷にいてくれなけりゃ困るのよ。大鼓は八十介が打つんじゃなきゃ、引き締まらないんだから」

三

痛がって体をまっすぐにできない八十介を、瑞之助と朝助の二人がかりで南棟の診療部屋に運び込んだ。朝助はすぐ、裏庭のほうへ引っ込んでいった。見ず知らずの鴉奴や八十介と一緒にいるのが気詰まりなのだろう。

診療部屋には真樹次郎がいた。むろん鴉奴の声を聞き、男が痛みを訴える様子も察知していた。

「そこに寝かせろ」

真樹次郎は、清潔な敷布を指差した。

初菜や巴も駆けつけて、診療部屋に顔をのぞかせた。

寝かされた八十介は、脂汗を流しながら笑ってみせた。

「鴉姐さんとお嬢さんがたは、どうか部屋の外へ。いやね、芋虫のように這いつくばることしかできないのも、せっかくなら、おもしろおかしい芸にしちまいたいっていう欲もあるんでげすが」

鴉奴はむっとした声で反論した。

「おもしろおかしいもんかい。笑えるわけがないよ」

「いえ、笑えますよ。あっしがすっきり治ったらね。とにかく今は、後生ですからお嬢さんがたは外へ」

真樹次郎は八十介の様子をうかがいながら、何かを察したらしく巴を促した。

「北棟の部屋を一つ整えておいてくれ。蘭方医の出番かもしれん」

巴はうなずいた。

「わかったよ」

巴は瑞之助と同じくらいの背丈があって、瑞之助よりも力が強い。力仕事だけでなく、病者の看病や針仕事や料理に至るまで、何でもできる。瑞之助はどうしたって巴に頭が上がらない。

初菜も座を立った。

「巴さん、わたしも手伝います」

「ありがとう。行きましょ」

鴉奴は二人を見て、八十介を見た。

「しょうがないね。あたしは庭で三味線の稽古をしておくわ」

瑞之助は思わず言った。

「庭の草花には触れないようにしてくださいね。薬効があるものばかりですからい、ひょっとしたら、何か障りが出るかもしれません」

「知ってるよ、そんなこと。登志兄から聞かされてるんだから」

鴉奴が出ていったのとほとんど入れ替わりに、登志蔵が診療部屋に姿を見せた。うっすらと、やけどに塗る膏薬の匂いがする。

「出遅れて悪いな。そこでさっそく鴉に文句言われたぜ。肝心なときにのんびりしないでよって。それで、何事だ？」

真樹次郎が応じた。

「まさに今から診療を始めようとしていたところだ。痛みの原因を探らねばならん」

八十介が呻くように言った。

「いや、その必要はありませんや。痛みのわけはわかっておりやす。親父や叔父貴が七転八倒してるのを餓鬼の頃から見てきやしたし、あっしも今までに二度、これに似た目には遭ってきたんでげすよ」

真樹次郎は、さもありなんと言わんばかりにうなずいた。

「やはりそうか。女を遠ざけたのも、病のわけがわかっているからだな」

「へい。疝気（せんき）ってやつです。腹の中で石ができて、そいつがころんと落ちてくるまで、痛くて痛くてたまらない。その石、しまいにゃ血まみれのおしっこと一緒に出てくるんですがね。男根を通るときも、ごろごろと痛みやがるんでげす」

「腎ノ臓の石か。不養生な者がかかりがちな病だが、血筋によっては、子供でも石ができるようだな」

「あっしがそれですよ。幇間のくせに酒が飲めないんで、そのぶん日頃の腹の具合は、まあ見事に健やかなもんなんですがね。この石にだけは勝てないんでございます」

「治す方法だが、漢方の領分では、利剤で押し流すしかない」

「存じておりやす。おしっこを増やす薬を飲んで、水をがぶ飲みして、どうにかして石を出しちまうんですよね。これまではそうしてきやした。ところが、こたびのやつは駄目です」

「駄目か」

「下腹まで落ちてきた石が出ていかないまま、痛んだり治まったりを繰り返して早三月。いや、しばらくは落ち着いてたんですがね。ここ三日ほど、とんでもない痛みが下腹に出てきやして。もう、冷や汗だらだらでございます」

真樹次郎は舌打ちした。

「三月だと？　そんなに放っておいたのか。しかも、またぞろ急な痛みが出たってのに、三日もほったらかしにするもんじゃないぞ」

瑞之助は背筋がぞくぞくしていた。いちばん痛みを感じたくないところに、経験したことのない痛みを想像する。それだけで血の気が引くような思いだ。

真樹次郎が登志蔵に目で合図した。登志蔵はうなずいて、八十介の傍らに進み出た。

「蘭方医の出番だ。今は下腹が痛むんだな？」

「へい。疝気でさあね」

「俗にそう呼ばれるが、正しくはねえんだ。男の腹痛や、金玉や男根の痛みは、日ノ本の漢方医術では総じて疝気と呼ばれる。が、痛みを引き起こす病はその実、いろいろだ」

「いろいろでげすか」

「おう。金玉の中身がねじれて痛むときも疝気、遊女に妙な病をうつされて男根が痛むときも疝気、虫垂（ちゅうすい）が腫れ上がって右の下腹が猛烈に痛むときも疝気と、全部一緒くたにされがちだ。どれひとつとして同じ病じゃねえのにな」

「素人にはわかりやせんからねえ」

「しかし、おまえさんは痛みのわけをきちんと言えるじゃねえか。そいつが正しいかどうかは、今から確かめるが。仰向けになってくれるかい？」

八十介がその言葉に従うと、登志蔵は八十介の着物をくつろげた。

腹を按じて脈診を始める。蘭方医の登志蔵も、初めに身につけた基本の医術は漢方だ。体の具合を診るときの初手は、漢蘭折衷というより、ほぼまるっきり漢方医術である。

八十介は息を切らしている。登志蔵の手がへその下の丹田に重ねられると、押さえられるより先に声を上げた。

「いちばんまずい感じがあるのは、そこです。男根の付け根のちょいと上ですよ」

「膀胱が腫れてる。おまえさん、ずいぶんと辛抱強いな」

「上のほうが痛むときは七転八倒ですよ。ここまで落ちてくりゃあ、あとはおしっこで押し流すだけ。親父に叔父貴に自分と、何度も見てりゃあ覚えます。気が遠くなるほどの痛みだって、やり過ごし方を覚える。と、まあ、そのはずだったんですがね」

「下まで落ちてきてるのに、石が出ていかずに三月経った。ここが痛むのは初めてか？」

「ええ」

「一つの石で三月も苦しむのも？」

「そうです、初めてでげす。まいっちまいますねえ」

八十介はげっそりした顔で息をついた。

登志蔵は瑞之助を振り向いた。

「さあ、おさらいだぞ、瑞之助。さっきお真樹がちらっと言ったが、石はどこから膀胱に落ちてくる？」

「腎ノ臓ですよね。肋骨の下端のあたりに、背骨を挟むように位置している、左右一対の臓器です。ここで尿が造られて、尿管を伝って膀胱に運ばれます」

「そのとおり。腎ノ臓では、なぜだか石ができることがある。石が腎ノ臓に貼りついて固まっているんなら、痛みはない。が、なぜだか石が剝がれることもある。そうすると、石の尖ったところが腎ノ臓や尿管を傷つけたり、石が尿管に詰まったりする」

「それが痛みを引き起こすんですか？」

「ああ。大の男が泣き叫んだり気を失ったりするほどの痛みだ。まあ、子を産んだことのある女に言わせると、お産のほうが痛いらしいがな」

瑞之助は知らず知らずのうちに顔をしかめていた。

「それで、小便で押し流せない石は、どうやったら治せるんですか？」

登志蔵は八十介に告げた。

「石が膀胱にあるってんなら、蘭方の外科手術で取り出しゃいい。その前に、本当に膀胱に石があるかを確かめねえとな。というわけで、ここには男しかいないとはいえ、だいぶ恥ずかしい思いをすることになるぞ。八十介よ、腹を括ってくれ」

八十介は登志蔵を見上げ、瑞之助と真樹次郎のほうにも目をやると、眉尻を下げて笑った。

「男前に囲まれて恥ずかしい思いをするなんてぇことも、めったに味わえることじゃありやせんね。ようござんしょう、腹を括りやす。なに、下(しも)の話は宴席を盛り上げますからね、話の種にいたしやすよ」

登志蔵はうなずいた。

「いい心意気だ。それじゃあ、油を取ってくる。瑞之助、褌(ふんどし)を解くのを手伝ってやれ」

「はい。油って、何に使うんです？」

「尻の穴の滑りをよくするのさ。尻の穴に指を突っ込んで、膀胱に石があるのを確かめる。腹の上からじゃあ肉が邪魔で膀胱の石をさわれないが、尻の穴のほうからならいけるんだよ」

瑞之助はぽかんと口を開けた。

真樹次郎が瑞之助に肘鉄を食らわせた。

「人の肌を見ることも陰部にさわることも、医者がためらってはならんだろうが。人を病から救えるのなら、恥じらいなんてもんは捨てろ」

「ええ……はい」

八十介は笑った。

「おやおや、そちらの兄さんはまだまだ見習いでしたか。そんなら、あっしみたいな幇間はちょうどいい。あっしらは、おもしろけりゃあ、人に肌を見せるなんて気にもしませんからね。ささ、ずずいっと奥まで、どうぞご遠慮なく」

八十介は脂汗を浮かべながらも、軽妙な口上を述べてみせた。

四

　八十介の体を支えて北棟に向かう途中、庭で三味線を抱えて鼻唄を歌っていた鴉奴に、登志蔵はまじめな顔で問うた。

「鴉、八十介を幾日か蛇杖院で預かることになるが、かまわねえよな？」

　ひゅっ、と音を立てて、鴉奴は息を呑んだ。

「どしたの？　ひょっとして重い病？」

「すぐ治してやれる病だ。そこは心配するな。今日これから、八十介の病を治す手術をする。蘭方外科の手術と呼ぶ技、どんなものか知ってるだろう？」

「刃物で体を切るやつでしょ？　痛いって聞いてる。八十介の病は、切らなきゃ治らないの？」

　詰め寄る鴉奴を、登志蔵はなだめた。

「本当なら痛いもんだが、蛇杖院では、痛みを感じさせずに手術を施すことができる。特別な眠り薬があるんだ。そいつを八十介に飲ませてから、俺が手術をする」

「そんな薬があるの？」

「蛇杖院の主の玉石さんを知ってるか？」

「話には聞いてるよ。美女だけど、蘭癖家の変わり者だって。その人が何？」

「玉石さんが蒐集しているのは、オランダ渡りの珍しいものだけじゃないんだ。医術にまつわる蔵書が凄まじい。毒の扱いにも長けている」

「毒だって？」

「薬と毒は使い方次第で入れ替わる。紙一重なんだよ。鴉も身をもって知ってるだろう？」

　鴉奴はうなずいた。

　初めて会ったとき、鴉奴はお座敷の途中で急に倒れた。口に入れれば毒となる水薬を、目薬として用いていた。その使い方を誤って、鴉奴は体を損ねたのだった。

　登志蔵は続けた。

「玉石さんが、外科手術のための秘薬を調合してくれた。俺の手先の技も信頼してくれ。手術としては難しいもんじゃねえんだ」

「じゃあ、幾日か預かるっていうのは？」

「手術のときに痛みを感じねえとしても、深い切り傷をこしらえるんだぜ。その傷が快方に向かうまでは、蛇杖院で預かる」

「なるほど。じゃあ、手術や眠り薬や寝泊まりのためのお代は、あたしが払うね。いくらになるの？」

応じようとした登志蔵の声より、八十介の声のほうが大きかった。

「鴉姐さん、いけませんよ。大金になっちまいやす。あっしの給金から引いてください。何年かかってでも、必ず支払いやすんで」

「お黙り！　あたしが払うって言ってんだ。あんたみたいな貧乏人から金をせびって喜ぶ鴉奴じゃあないよ。いいから、あたしの言うことを聞いときな！」

八十介は口をぱくぱくさせた。鴉奴は、犬でも追い払うかのように、しっしっと手を振った。

瑞之助は八十介を促し、ゆっくりと北棟のほうへ歩を進めた。

背中に登志蔵の声が聞こえる。

「お代のことは、後で玉石さんが話をするさ。まあ、飯のついた旅籠（はたご）が一泊で百文か二百文だろ。それに薬代を載せるってところだ」

「登志兄の手間賃は？」

「玉石さんから月々決まった額をもらってる。それに上乗せしたいってんなら、まあ、そのうちお座敷に呼んでくれ。趣向を凝らしたやつで頼むぜ」

「じゃあ、そうする。八十介のこと、くれぐれもよろしくね」

「おう」

「あたしはここで待ってる。後で登志兄と話したいから、終わったら声を掛けて」

鴉奴の見送りを受けて、登志蔵が追いついてきた。

北棟の手術部屋はすでに支度が整っていた。洗いざらしの敷布に、毒消しのための御酒、清潔な綿布も揃えてある。

八十介を敷布の上に寝かせていると、真樹次郎に連れられて、玉石が部屋に入ってきた。

玉石の装いはすでに手術に備えたものだった。すらりとした身に、華佗着(かだぎ)をまとっている。

華佗着、と蛇杖院で呼んでいる麻の着物は、筒袖で動きやすい。替えをいくらでも用意してあるので、診療で汚すときも気兼ねがいらない。

飾り気のない装いであればこそ、玉石の美貌はかえって冴え冴えとしている。

玉石は手袋をした掌に、薬包を一つ載せていた。

「この秘薬については、わたしがじかに八十介に話そう。秘薬は半刻ほど煎じる必要がある。その間に皆、支度を整えるといい」

手術部屋の隅には、ちょうど茶室に似たような格好で、炉がしつらえてある。床板を模した覆いを取ると、薬を煎じるにも湯を沸かすにも使える炉が姿を現わすのだ。

玉石が薬の支度にかかったので、瑞之助と登志蔵はいったん手術部屋を辞して、華佗着に着替えた。

登志蔵は、日頃は崩している髪をきっちりと結い直し、手ぬぐいで覆った。

「俺は蘭方で外科の医者であることをおもしれえと思ってんだが、そのわけの一つに、覇道だからってのがあるんだ」

登志蔵の言葉に、瑞之助は応じた。

「儒学の教えにおいて、王道ではないやり方によって天下を取ることを、覇道と呼びますよね」

「日ノ本の医の道は、本道と呼ばれる漢方医術が真ん中にある。漢蘭折衷にするにせよ、後に蘭方に進むにせよ、初学は漢方を修めるものだしな。で、漢方医術の本道に対し、蘭方は何と呼ばれるか」

「外道、ですね」

「そう。真理に反した道、異端と呼ばれるわけだ」

「ですが、漢方と蘭方は、正道と異端という間柄ではないでしょう？　治療のやり方や人の体についての考え方が違うだけですよね」

瑞之助は、外道という呼び方にぎょっとしてしまう。外道を学びたいと望むことに、後ろめたさを覚えてしまうのだ。

しかし、登志蔵は楽しそうに笑っている。

「西洋では、内科の医者のほうが格上とされてきたらしい。外科は格下だ。人の体にじかに触れる仕事は卑しいからってな。昔、外科の手術は医者ではなく、髪結いがやるものだったそうだ」

「髪結いですか？　なぜ？」

「西洋では、男の髪は短く整えておくもんなのさ。だから、髪結いは客の髪を切る。つまり、人の体に対して刃物を使う仕事ってわけだ。それで、髪を切って髭を剃ってやるついでに、体にも刃を入れて手術をすることになったらしい」

「では、医術を学んでいない人が、外科の手術をしていたんですね」

「そうとも。でも、中には医者以上の名医、治療の達人と呼ばれる髪結いだっていただろう。おもしれえと思わないか？　俺はそういうのが好きなんだよ。外道上等さ」

登志蔵の目はきらきらと、いや、爛々（らんらん）と輝いている。

二人が北棟に戻ろうとしたところで、華佗着姿の初菜に呼び止められた。

「わたしも手術を見せてもらえませんか？」

思い詰めたような顔だった。

登志蔵は頰を搔いた。

「八十介が、女には見せたくないと言っていたぞ」

「人の命を救うための医術に、男も女もありません」

「そりゃあそうだ。俺だって、医術を施す相手に老若男女は問わねえよ」

「でしたら、わたしにも外科手術のあり方を見せてください。もしできるなら、技を教わりたくもあるんです」

「切開と縫合の技を、という意味か？」

初菜はうなずいて問うた。

「登志蔵さん、お産の場に居合わせたことは？」

「人のお産に立ち会ったことはない。犬、猫、馬、牛なら、あるんだけどな。長崎で学んでいた頃に」

「安産でした？」

「馬のときは難産だったよ。初産で、なかなか仔馬が出てこなかった。水が噴き出してから半刻近く経って、これはいよいよまずいってんで、人が手を貸して仔馬を引っ張り出した。仔馬の前脚をつかんで、こう、ぐいっと」

手振りをつけて説いた登志蔵に、初菜は問うた。

「母馬の会陰（えいん）が裂けませんでしたか？」

会陰というのは、陰部と肛門の間のことだ。

「裂けた。初産の馬では、たまにあるらしい。産道から子宮にかけても、まれに裂ける。俺が立ち会ったときの馬は、外科の医者見習いが傷を縫ってやっていた。ちょいと言い方は悪いが、人に手術を施すための稽古としてな」

ここまで言葉にして、ああ、と登志蔵は得心した顔をした。

初菜は頭を下げた。

「会陰の傷は、人のお産でよく生じるものです。お願いします。わたしに外科手術の技を教えてください。お産のときにできた傷が治らずに命を落とす産婦が、一人でも減るように。わたしがこの手で何とかしたいのです」

登志蔵は、己の胸を叩いた。

「わかったよ。顔を上げな。よし、八十介にも話を通そう」

許してくれると思うぜ、と登志蔵は微笑んだ。


手術部屋には、眠り薬を煎じる独特の匂いが満ちていた。

眠り薬を用いるほどの大きな手術に立ち会うのは、瑞之助にとってこれが初めてだ。急に緊張してきた。手が汗でじっとりと濡れてくる。

玉石は、じっと鉄瓶を見つめている。八十介は痛みが少し引いているところなのか、うつらうつらしていた。

眠り薬の処方は、玉石ひとりの腹の中にある。

華岡流の通仙散ともまた違うものだという。

通仙散は、紀州の医者、華岡清洲が処方した眠り薬だ。今より一千六百年ほど前、唐土の医者の華佗が、麻沸散という眠り薬を作った。華岡流の通仙散は、その麻沸散の処方をもとにしている。すなわち、猛毒である曼荼羅華を主とし、鳥兜を加え、ほかに草芷や当帰や川芎などを加えて毒を和らげるのだ。

玉石の独自の処方も、仕組みとしては華岡のものと同じ考え方であろうと、真樹次郎は推量している。つまり、毒を主とし、別の薬でその効き目を和らげてあるということだ。

おのずと、その扱いはきわめて難しいものとなる。軽はずみに処方が漏れ、中毒になる者があってはならない。うまく眠り薬を処方できるとしても、悪用する者が出ないとは限らない。

だからこそ、玉石は誰にも処方を告げずにいるのだ。その謎めいた様子が「不気味だ」「怪しい」と非難されることとなっても、玉石は平然としている。

眠り薬が出来上がる頃、登志蔵は八十介を揺さぶった。

「いよいよだ。薬を飲んでくれ。半刻か一刻か、おまえさんがしっかり眠ったのを見極めてから、手術を始める」

瑞之助は八十介の体を起こしてやった。

玉石が自ら、眠り薬を湯呑に入れて持ってきた。

「わたしも手術に立ち会うぞ。秘薬を飲ませた者は、自分の目の届くところに置いておきたいからな」

「へい。命と恥とどちらを取るかと問われりゃあ、答えは簡単でげす。命あっての物種ですからね。医者は男の仕事といいやすが、命懸けの場に女も男もないってことでしょうねえ」

開き直ったような明快さで、八十介は言い切った。初菜が手術の立ち会いを申し出たときにも、もう口答えなどしなかった。

眠り薬を飲んだ八十介は、四半刻もしないうちに深い眠りに落ちた。息も脈も安定している。頬を叩いたり足をつねったりしてみても、眠りは妨げられない。

玉石は、始めてよいと告げた。

登志蔵が初菜に説いた。

「肛門から指を突っ込んで、膀胱の中の石をできるだけ肌の近くに寄せる。肌を切るときは、小さく素早くだ。石を取り出したら、すかさず縫う」

初菜は冷静に問うた。

「切るのは、どの位置ですか？」

「会陰の正中線から半寸ほど横にずらしたところだ。そこから切れば、腹ノ膜を裂かずに済む。腹ノ膜ってのは、上は肝ノ臓から下は腸までの、ひとつながりの臓腑を覆う膜だ。あれを裂くと厄介なんだよ。膀胱はもともと、腹ノ膜より下にある。へそ側からじゃなく、下から刃を入れれば、腹ノ膜を切らずに済む」

初菜がうなずくのを確かめてから、登志蔵は瑞之助に手伝わせて、八十介の着物を脱がせた。江戸の洒落者は下の毛をこまめに処理するものだ。客前で着物の裾をからげることもある八十介も、そのあたりはきれいにしている。

ぐったりと脱力した八十介の脚を、瑞之助が抱える。

道具はすべて清められている。登志蔵が愛用する、切開のための小刀。血を受けたり、取り出した石を置いたりするための皿。縫合の道具。登志蔵の手指を清めるための御酒と布。

八十介がすっかり眠っているのをもう一度確かめて、登志蔵は、薄い小刀を右手に取った。肛門の内側に、油を浸した薄布をあてがい、左手の指を突っ込む。

指先で石のありかを定めると、登志蔵は、さっと小刀を動かした。肌が切れる。断面から鉗子（かんし）を突っ込み、石を取り出す。血があふれる。さっとひと拭（ぬぐ）いして、傷を縫う。

まず膀胱を縫った。糸は、引けば解ける結び方にし、肌の外に出るよう長く残す。それから肌を縫う。

登志蔵は、傷口からにじむ血を拭い、肛門の薄布も出した。

「よし」

そして長い息を吐いた。

瑞之助も息を吐いて、八十介の脚を解放した。途中で息継ぎをする必要もないほど、あっという間の出来事だった。

玉石は八十介の様子を診た。

「痛がらなかったようだな。呼吸と脈も大事ない。しばらくすれば、いったん目を覚ますはずだ。薬の効き目のせいで、一日二日はぼんやりして過ごすことになるかもしれん」

登志蔵は手指を清め、道具を片づけた。

「さて、俺の仕事はひとまずここまでだ」

玉石は立ち上がった。

「わたしも一服してくる。桜丸に世話をさせよう。八十介が目を覚ます頃には戻る」

寝泊まりのための部屋は、すぐ隣に用意してあった。瑞之助は登志蔵と力を合わせて、戸板に乗せた八十介を隣に運び、布団に寝かせた。

八十介の養生の支度を整えてやりながら、初菜がようやく口を開いた。

「素晴らしい技を見せてもらいました」

登志蔵は笑うような、しかめるような、微妙な顔つきをした。

「だがな、ここから快復まで見守ることが肝要なんだよ。傷が膿まねえかどうか、小便が体の中に漏れて病を起こさねえかどうか、傷や眠り薬に驚いた心ノ臓が止まっちまわねえかどうか。八十介の体がこの先どうなるかは、俺にもわからねえ」

「蘭方外科の手術は荒っぽいものだと聞いていました。痛みと出血のために命を落とす者さえいると。ですが、登志蔵さんほどの技であれば、人を死なせることもないのでは？」

「そうやすやすとは死なせねえよ。切れば確実に治るとわかってるんでなけりゃ、俺は切らねえからな。八十介と同じ、膀胱の石をどうにかしてくれって話でも、相手がよぼよぼの爺さんなら切らねえ」

「老いた体では、外科の手術は耐えられないのですか？」

登志蔵は膝を立てると、いきなり、華佗着の袴の裾を豪快にまくり上げた。初菜は息を吞んで目を丸くする。登志蔵はおかまいなしに、形よく引き締まった内ももを見せた。そこには、ねじれた古傷が走っている。

「餓鬼の頃、野山を走り回っていたら、折れた若竹でざっくり切っちまってな。

兄貴が俺を背負って家まで飛んで帰って、親父が傷を縫ってくれた。俺が痛がって暴れたんで、縫合がうまくいかずに、こんなひでえ傷痕が残ったんだが」

初菜は頰を赤らめ、顔を背けた。八十介の手術と登志蔵の脚では、やはり勝手が違うのだろう。

「お父君も蘭方医なのですね」

「いや、漢蘭折衷で、漢方のほうが得意だよ。兄貴もな。だからこそ、俺が蘭方に秀でればちょうどいいと思ったんだ。親父のへたくそな縫合のせいで腫れ上がって熱も出て、ひでえ目に遭ったからさ」

「外科手術に耐えるには体力がいると、ご自分で実感したことがあるというわけですか」

「そういうことだ。まあ、傷があまりに大きければ、どれほど体力があっても、駄目だけどな」

登志蔵は裾をもとに戻した。

初菜はまっすぐに登志蔵を見て問うた。

「率直に答えてください。難産の妊婦の胎(はら)を切って赤子を取り出すという外科手術、できると思いますか？」

登志蔵はきっぱりとかぶりを振った。

「今の世の医術では、できねえな。そんな手術をすれば、妊婦は九割方、死ぬだろう。赤子を取り出すための切開となりゃあ、傷口はかなりの大きさになるよな。傷口が大きければ大きいほど、膿んで病を引き起こしやすくなる。いや、切られた弾みで死んじまうかもしれねえ」

登志蔵は一息入れ、続けて言った。

「それに、子宮から取り出すのは赤子だけじゃねえだろう。胞衣(えな)をきっちり除いてやらねえと、血が止まらなくなる。だが、そのためには子宮という臓腑を引っかき回すことになる。結局、どれほどの血が流れる？　失った血を即座に補う法はないんだぜ」

「蘭方医術でも、血はどうにもなりませんか」

「ならねえよ。俺の血脈を切って相手の血脈につないで、じかに血を送ってやりたいと思ったこともある。実際にそういうことを試したやつも、西洋にいたらしい。が、どうしても駄目だそうだ。血も歯も肌も目玉も、他人のものを植えつけたところで受けつけねえ」

「では、胎を切開する法は、母と子を共に生かすためには使えそうにありませんか」

「今の俺にはできねえ。瀕死の妊婦よりも赤子を生かしたいとか、すでに死んだ妊婦の胎に生きた赤子がいるっていうんなら、迷わず切るぜ。あるいは、胎の中で死んだ胎児を取り出すために、一か八かで妊婦の腹を切るしかない場合だ」

初菜は唇を噛んだ。

瑞之助は口を開いた。

「登志蔵さんの技をもってしても、できないことって、やはり多いんですね」

「できることなんて、ほんの一握りだ。外科医はなるたけ何もしねえほうがいい、とささえ言える。人の体には、おのずから治ろうとする力が備わってるもんだ。その力の手助けをするのが、医者の務めなんだよ」

「何もしないのがいいんですか？」

「世間で思われてる蘭方の外科医は、そんなんじゃあないがな」

「ええ。私の母も医術に疎いので、蘭方医は恐ろしいとばかり言うんです。すぐに人の手足を切ろうとするんだとか何とか」

瑞之助が屋敷を離れたきり会っていない母からは、月に三度ほど手紙が届く。すぐ医者を目指すことなどやめて麹町の屋敷に戻れと、いつも同じことが書かれている手紙だ。

瑞之助がどれほどこと細かに蛇杖院の医療について記してみても、母はそれをわかってくれない。瑞之助の手紙を読んですらいないのではないかと思う。

登志蔵は、母の誤解を笑った。

「人の手足を切っちまう技も、蘭方の外科手術の虎の巻には書いてある。傷口が病んで腐っちまったときなんかは切らざるを得ないが、まあ、普通は切らねえよ。例えば、柱に押し潰されて、脚の骨がめちゃくちゃに折れたとするだろ？」

「痛々しい……」

「まあ、聞け。めちゃくちゃに折れた骨は、もうまっすぐにくっつかないかもしれねえ。膝から下が動かせなくなるかもしれねえ。それでも、動かなくなった脚を切っちまうより、そのままの形で骨がくっつくのを待つほうが、まだましってもんだ」

「ましだと思います」

「ちょいと古い蘭方の医書には、切れって書いてあるんだがな。鉈(なた)と鋸(のこぎり)の使い方まで、懇切丁寧(こんせつていねい)に説いてある。だから、外科医は力が強くなけりゃいけないって話もな」

瑞之助と初菜は、何となく顔を見合わせた。初菜も顔を引きつらせている。

登志蔵は二人の様子を気にすることなく、なおも滔々と語り続ける。

「木切れや刃物の破片が刺さったままの傷をどうするかって話もあるだろ？　そこから膿んじまうこともあるが、実のところ、下手な外科医が傷口をほじくり回して破片を除くほうが危うい。傷がひどくなるだけさ。ほっとくほうがましなんだよ」

むごたらしい話は、そこで打ち止めになった。

桜丸が部屋にやって来たのだ。

「登志蔵、お疲れさま。わたくしが代わりましょう」

そっけない華佗着をまとっていてさえ、白い肌が内側から光を発するかのように、桜丸は美しい。齢十八の男だが、小柄で華奢な上に身のこなしが美しいので、女と見間違われることも多い。

八十介さんも目を覚ましたら驚くだろうな、と瑞之助は思った。天女に世話を焼かれているのでは、と錯覚するはずだ。

実は瑞之助がそうだった。去年の春、ダンホウかぜで寝ついていたときには、桜丸に見つめられるたびに思わずときめいていたものだ。

あれから一年以上が経ち、あの頃のようなふわふわした憧れなど、とうになくなっている。きれいな顔で手厳しいことを言われ、ぐさりと胸を抉られたこともあった。

桜丸の横顔を見ながら、つらつらとそんなことを考えていた。つい笑みを浮かべてしまっていたのだろう。察した桜丸に、横目でじろりと睨まれた。

「何かやましいことでも考えているのでしょうか？」

「いいえ、何も。桜丸さんは頼もしい人だと思っていただけですよ。八十介さんをお願いしますね」

瑞之助は笑って、部屋を辞した。

五

すでに八つ時を回っていた。

鴉奴は庭の隅に座り込んで、三味線をつまびいていた。

登志蔵は鴉奴の肩をぽんと叩いた。

「待たせちまったな。すまん」

　鴉奴は、狐のお面越しに登志蔵を見上げた。にっこり笑ったのがわかった。

「こんなにのんびりできたのは久しぶりだよ。お疲れさん、登志兄」

　瑞之助は、登志蔵の傍らに足を止めた。初菜は会釈をして、南棟のほうへ行ってしまった。

　登志蔵は鴉奴に言った。

「八十介は今のところ、問題ないようだ。十日か半月で、切った傷もふさがる。その頃に、縫ったところの糸を抜く」

　鴉奴は登志蔵に詰め寄った。

「やっぱりしばらくかかるんだね。ねえ、さっき、八十介の部屋で難しそうに話してたみたいだけど、本当に大丈夫なの？」

「盗み聞きかい」

「話の中身までは聞こえなかった。でも、ひどく切羽詰まった調子だったから、気になったの。結局、八十介の手術は女の人も見てたんだね」

「ああ、玉石さんが秘薬の処方をしてくれたし、初菜は医者だからな」

「あの人がそうなんだ。女なのに医者を名乗る変わり者が蛇杖院にいるって、深川でも噂を聞いたことがあるよ。顔に傷があるんだね、あの人」

瑞之助はぽかんとした。登志蔵も似たようなもので、一呼吸遅れてから、ああと声を上げた。

「そういやそうだった。確かに、初菜の顔には傷があるな」

「初めて会ったときは、きれいな顔なのに傷があるんだなと気になりましたが、すっかり見慣れてしまって。目に入っているのに見えないものって、あるんですよね」

鴉奴は、はあ、と間の抜けた声を漏らした。

「男の目って節穴だよね。あの人の簪がどんなんだったか、それすら見てないんでしょ?」

「見てませんね。どんな簪でした?」

「簪なんか挿してなかったよ。本当にちっとも見てないんだ」

瑞之助は苦笑した。登志蔵は仕切り直すように、鴉奴に問うた。

「手術の前、俺に話があると言っていただろ。何の話だ?」

鴉奴は、響きすぎる声を低くして告げた。

「近頃、あたしのまわりには噂が集まってくるんだ。おかしなことを聞いたら知らせるようにって、お座敷のときに触れ回ってるからね。あの黒い暖簾の薬師の噂にも、きっとたどり着けると思って」

　登志蔵は呆れ半分に笑った。

「ほどほどにしとけよ。鴉が危ない目に遭っちゃ、元も子もないからな」

「何も知らないでいるほうがよっぽど危ないよ。黒い暖簾の薬師に変な薬をつかまされた件で懲りたの。何かあったら登志兄に知らせるから、それでいいでしょ」

「こき使うなよ。俺は一介の男前な医者に過ぎないんだぜ。剣術の腕もちょっとした達人級ってだけだ」

　瑞之助も鴉奴も、つい笑った。まじめな話さえ、登志蔵はすぐにまぜっ返すのだ。おかげで肩の力が抜ける。

　鴉奴は笑いを引っ込めて、また小声になった。

「黒い暖簾の薬師は、とにかく逃げ足が速いみたいだよ。深川あたりであちこち転々としてる。奉行所の捕り方たちも追っかけ回してるけど」

「とっつかまることなく、まだどこかに潜んでるわけだな」

「うん。それでね、正体のわからないやつが何かをしでかしてるといったら、近頃は別の話もあるんだ」

鴉奴がそこでいったん区切ったので、瑞之助は思わず前のめりになった。話芸を磨いた者の語り口だ。幇間のしゃべり方を真似しているのだろう。

「別の話というのは？」

瑞之助が続きを促(うなが)すと、鴉奴はたっぷり間を取りながら言った。

「墓荒らしだよ。墓が暴かれて、亡骸(なきがら)が盗まれちまうの。それも、弔いを終えたばっかりの新しい亡骸が狙われるんだ」

「気味の悪い話ですね。盗まれた亡骸は、どうなるんですか？」

「よくわかんない。ばらばらにされて捨てられた亡骸を、野良犬や鳥がつついてたっていう噂も聞いたけど」

「むごいな」

「魚を捌(さば)くみたいな切り方だったって、読売には書いてあったよ。三枚におろすみたいに、こう、肉のところを骨から剝がすような感じで刃物を入れて、ばらしてあったんだって」

瑞之助はぞっとした。すでに死んだ体であれば、痛みなど感じるまい。だが、直感として、それはいけないと思った。

儒学の教えの初歩に「身体髪膚(しんたいはっぷ)、之(これ)を父母に受く。敢(あえ)て毀傷(きしょう)せざるは孝の始めなり」という言葉がある。

肉体はすべて親からいただいたものだから、己の体を大切にすることは親孝行の第一歩である、といった意味合いだ。

親孝行はまた、国に尽くすための第一歩である。親に尽くすように君主に仕えるべし、君主は子を慈しむように臣民を従えるべしというのが、儒学の最も基本となるところだ。

そうか、と瑞之助は気がついた。蘭方医術が外道と呼ばれてしまう理由である。治療にあたって人の体に傷をつけることがあるならば、やはり心の奥底で恐れや忌まわしさを感じてしまうのだ。

西洋で外科が卑しいとされたのも、似た理由なのではないか。西洋に儒学のような教えがあるのかどうか知らないが、体に傷をつけることへの恐れは、どこの国においても同じなのではないか。

登志蔵は身を乗り出した。

「気になるな。魚を捌くような切り方ってのは、まるで腑分けじゃねえか」

低い声だった。険しいほどに真剣な顔をしている。

鴉奴は気味悪そうに言った。

「腑分けって、亡骸の腹を裂いて五臓六腑のありかを調べるってやつでしょ？」

「五臓六腑だけじゃねえよ。腑分けとは呼ぶものの、分けるのは臓腑に限らねえ。例えば腕だ。皮があって、その下に肉がついている。肉は袋に包まれた格好をしていて、その両端から伸びる筋が骨にくっついている。肉の周囲には網目のように血脈が走っている」

登志蔵は瑞之助の腕をつかまえて袖をまくり、拳を握らせた。前腕に浮き上がる肉や、尖った手首の骨、青く走る血脈を指差しながら、鴉奴に説いて聞かせる。

鴉奴は、瑞之助の腕の血脈をつついて、登志蔵に問うた。

「臓腑だけじゃなくて、腕もそうやってばらばらにするの？」

「ああ、全身ばらばらにして、どんな造りになっているかを見るんだ。蘭方医術で、特に外科をやるんなら、腑分けは必ず通る道だ。本物の肉で切ったり縫ったり分けたりしなけりゃ外科手術の技は身につかねえからさ。俺は長崎でひととおり叩き込まれた」

瑞之助は、くすぐったい鴉奴の手をそっと追い払い、登志蔵の手からも逃れて、袖をもとに戻した。

登志蔵が自分の腕を見本に使わなかったのは、やけどがあるからだ。今もまだ膏薬を塗っているらしい。晒を巻いていても、膏薬の匂いが漏れている。

「ひょっとして、登志蔵さんは、墓荒らしの正体が蘭学者かもしれないと思っているんですか？」

「蘭学者なら死体を使うこともあり得る、と言いたいだけさ。死体をばらばらにするって所業も、きちんとした技をもっておこなえば、医術に益する」

「ええ、まあ。生きた人の体をばらばらにするよりは、ずっといいやり方でしょうし」

「もしも蘭学絡みでないんなら、それこそ意味がわからねえな。魚のように人を捌いて、肉にして鍋にして食らってる鬼がいるってか？」

「よしてくださいよ」

「とはいえ、蘭学者のしわざだっていうのも、ちょっと腑に落ちねえんだよな。腑分けをするのは、晩秋から冬が向いている。が、今は四月だ。暑く湿った季節になってきたってのに、腐りやすい死体なんか扱いたがるかねえ？」

　鴉奴は登志蔵の胸のあたりを叩いた。

「気持ち悪いことばっかり言わないでよ」

「知りたがったのは鴉だろ」

「そうだけどさあ……まあ、いいわ。それよりさ、あたし、ここの庭が気に入った。明るくてきれいな庭だよね。蛇杖院って名前は蛇がついてるから、何となく、じめじめして暗そうな気がしてたんだけど」

なぜ蛇を診療所の名に冠するのか、と尋ねられることはしばしばある。瑞之助は鴉奴に説明した。

「蛇杖院の名は、西洋の医術の神に由来するんですよ。その神、アスクレピオスは、蛇が巻きついた杖を持った姿で描かれるんです」

鴉奴は、へえ、と声を上げた。

「診療所の名前まで西洋道楽なんだ。ここには本当に、変わったものがいっぱいあるんだね。ああ、そうだ。登志兄に訊こうと思ってたんだ。知らない花があったからさ、名前を教えてもらいたくて。あれも西洋の花かな？」

あっちだよ、と言って、鴉奴は立ち上がった。

鴉奴が指差したのは、低木の茂みだった。まだ花は咲いていないが、紅色のつぼみがいくつも膨らんでいる。

瑞之助はうなずいた。

「私も去年の花の盛りに見て、この花は知らないなと思ったんですよ。幾重もの花びらが重なった、豪華な花でしたね」

　鴉奴が木に触れようとしたのを、登志蔵が止めた。

「待て、鴉。棘があるんだ。気をつけな。こいつは庚申薔薇の変わり種だよ。瑞之助の言うとおり、見事に派手な花が咲く」

　鴉奴は首をかしげた。

「庚申薔薇なら知ってる。もっと地味な花じゃない？」

「蛇杖院の庚申薔薇は八重咲きで、特別に派手なんだ。花ってのは、掛け合わせを重ねてやると、どんどん変わっていくらしい。昔の蘭学仲間が、そういうのに詳しかったな。親とする花と子となる花の間に何か法があるようだ、とか何とか言っていた」

「へえ。花も親に似るもんなんだね」

「人も花も犬も猫も馬も牛も、子をなすものはすべてそうさ。薔薇で言えば、八重咲きの花と大輪の花を掛け合わせたら、八重咲きで大輪の花を咲かせる子ができそうなもんだろ？　そういうふうに考えて、新しい種を作っていく。でも、望んだとおりの質が表に出るとも限らない。表に出やすい質と出にくい質があるらしい」

滔々と説く登志蔵に、瑞之助も鴉奴も、ほうと息をついた。

「だから、草木の掛け合わせは俺より詳しい仲間がいたんだってば。そいつが薔薇のことを、俺に……いや、まあ、あいつは薔薇を気に入ってたみたいだったな」

「登志兄の思い出の花ってやつ？　八重咲きの薔薇、きれいなの？」

「咲いたら届けてやろうか」

鴉奴は、ぱっと笑顔になった。お面があってさえ、それがわかった。

「届けてよ！　あたし、この花が咲いたのを見てみたい」

「よし、じゃあ、約束だ」

登志蔵は請け負った。

そのときだった。

門の表で呼ばわる声がした。

六

それは、がなり立てるような男の声だった。一人二人ではない。不穏（ふおん）な気配が漂って、瑞之助は思わず立ち上がった。

登志蔵は大げさなため息をついた。

「千客万来ってやつだな。こたびは何だ？　また誰か何かやらかしたか？」

「登志兄じゃないの？」

「馬鹿言え。俺みたいに品行方正な男がどこにいるってんだ」

登志蔵の冗談を聞き流し、瑞之助は門に向かおうとした。

「出迎えてきますね」

しかし、その必要はなかった。誰の許しを得るでもなく、男たちは蛇杖院の門内へ踏み込んできたのだ。

これ見よがしに十手（じって）を掲げた先頭の男は、いかにも腕っぷしの強そうな強面（こわもて）である。目明かしだ。

続いてわらわらと踏み込んできたのは、目明かしの手足として働く下っ引きの連中だろう。気が荒そうなのが揃っている。

目明かしが怒鳴った。

「神妙にせい！　大沢の旦那がお出ましだ！」

大沢の名に、瑞之助も登志蔵も鴉奴も、はっと身を硬くした。

北町奉行所に属する定町廻り同心の大沢振十郎は、齢三十ほどの若さだが、切れ者で鳴らしている。三白眼の目元が鋭く、身のこなしにも隙がない。蛇杖院を目の上のこぶのように思っているようで、何かと突っかかってくる。

前に会ったとき、ぞろぞろと供回りを連れて歩くのは嫌いだと言っていた。捕物ならば致し方ないが、本来は一人を好むたちなのだ。

その大沢が、今日は仰々しく大勢の手下を連れている。

では、捕物だとでもいうのか。ならば、一体誰を捕らえようというのか。

瑞之助はぎょっと目を見開いたまま、動けなくなっていた。目明かしの声を聞きつけて建物から出てきた者も、ほとんど皆がそうだ。

ただ一人、風のように動いた者がいた。

登志蔵は音もなく、長屋の己の部屋に飛び込んだ。間髪をいれず表に出てきたときには、大小の刀も懐刀も身に帯びていた。

違うことなく、と言おうか。大沢の目が登志蔵をとらえた。

「鶴谷登志蔵、ちょいと話を聞かせてもらおうか。てめえ、ずいぶんと悪さをしているそうじゃねえか」

瑞之助は、えっと声を上げた。

大沢は重ねて告げた。

「投げ文があった。黒い暖簾の薬師の正体は蛇杖院の鶴谷登志蔵である、とな。怪しげな薬で騒ぎを起こし、埒外な大金を巻き上げている。その薬で命を落とした者さえいる。それだけじゃあねえ。先日、水心子正秀の鍛冶場で不審な火が出たというが、それもてめえに関わりがあるそうだな」

捕り方たちが散開し、登志蔵のほうへと間合いを詰めようとする。登志蔵は身構えた。

瑞之助は思わず、登志蔵を背に庇って立った。

「お待ちください！　登志蔵さんが罪をなしたという投げ文は、信用できるものなんですか？」

大沢は無造作に近づいてきながら、吐き捨てるように言った。

「証ならある」

大沢は懐から帳面を取り出した。表紙には和語と蘭語が書かれ、左を綴じてある。

息を呑むのが聞こえた。登志蔵である。

「なぜ、その帳面が……」

ただならぬ気配が背中に伝わってきた。瑞之助は振り向いた。

登志蔵は顔色をなくしていた。

去年の冬の初めに、登志蔵のあんな顔を一度だけ見たことがある。登志蔵は疫病が流行るさまに向き合えず、逃げ出そうとした。

今また登志蔵は、そのときと同じ顔をしている。まるで別人だ。鶴谷登志蔵という人は、有能で明るく頼もしく、いつでも自信たっぷりのはずなのに。

だからこそ真実味があった。その帳面は登志蔵のものであるに違いない、と思わせるには十分だった。

大沢はさらに近づいてきながら、帳面を開いた。蘭語と図に、和語が小さな字で添えられている。

「見ろ。おまえらも、この筆跡に覚えがあるだろう?」

瑞之助は蘭語など読めない。和語も小さすぎて、ここからでは読めない。だが、図の描き方も、おしゃべりが過ぎるほどに紙幅にびっしりと書き込む癖も、瑞之助は知っている。

鴉奴もまた、ぽつりと言った。

「登志兄の手紙と一緒だ」

その声は、ささやいただけでありながら、しんとした中ではよく響いた。

大沢が手を挙げた。捕り方たちが十手や縄を構えた。殺気と呼んで差し支えない気迫が、登志蔵へと向けられている。

瑞之助は登志蔵を背に庇ったまま、両腕を広げた。

「ま、待ってください！　その帳面が登志蔵さんのものだとしても、なぜそれが証になるというんです？　誰かが登志蔵さんを陥(おとしい)れようとして、嘘の投げ文をしたのでは？」

大沢は胡散(うさん)くさそうに目を細め、帳面をばさばさと振ってみせた。

「ここに書かれているのは、舎密学とやらの検分をおこなったときの記録だそうだ。鶴谷登志蔵、てめえが書いた手紙と見比べるに、筆跡が同じと見て間違いないな。そして、この帳面の内容は、黒暖簾が扱った薬の一部とぴったり符合するそうだ」

瑞之助はなお訴えを上げた。

「登志蔵さんが何か罪をなしたというのであれば、その種になったはずの帳面がよそから出てくるのは、おかしなことではありませんか？」

「投げ文によれば、帳面が作られたのは六年ほど前らしい。当時の拙い蘭学の知恵など、とうに登志蔵の頭に入っているはずだそうだ。帳面など見ずとも、毒の一つや二つ、たやすく作ってしまえるだろう、とな」

瑞之助は言葉に詰まった。

鍛冶場で火が上がったとき、登志蔵はすぐさま、からくりを見抜いた。ほかの誰にもわからない、燃える粉の正体にも、心当たりがあるようだった。

あれを仕掛けたのが登志蔵であるはずはない。やけどを負ってまで鎮火に協力したのは、知識があるのは自分だけだとわかっていたからだ。

瑞之助は信じたかった。

その耳元に、登志蔵が告げた。

「右のまぶたのあたりにやけどの痕がある、三十過ぎの男を見掛けたら、気を許すなよ」

瑞之助は目を見張った。振り向いて登志蔵の言葉の意味を問おうとした。

しびれを切らした目明かしが、右手正面からにじり寄ってくる。

登志蔵の手が瑞之助の肩に触れた。あっ、と思った次の瞬間、瑞之助の体は勢いよく前方へ、突っ込んできた目明かしのほうへと突き飛ばされていた。

目明かしが慌てて身を躱す。捕り方たちが声を上げる。

瑞之助は地に転がった。受け身をとり、起き上がりざまに振り向く。

登志蔵は駆け出していた。あっという間に後ろ姿が遠ざかる。

だが、登志蔵が向かう先には、門も勝手口もない。板塀は、いくら脚力に優れる登志蔵でも、跳び上がって乗り越えることなどできないはずだ。

「追え！」

大沢の声が響く。

捕り方たちが駆け出す。

すでに登志蔵は板塀のところに至っていた。いつの間にか、鍬を手にしている。

登志蔵は鍬を板塀に立て掛け、斜めになった柄を踏んで足場にし、跳んだ。

両手が板塀のてっぺんに届く。板塀を蹴って体を跳ね上げる。俊敏な体が板塀を越える。向こう側に着地するや否や、たちまち足音が遠ざかっていく。

駆け寄った瑞之助は、板塀の前に取り残されて呆然とした。登志蔵が足場にした鍬は、柄が真っ二つに折れている。

捕り方たちは慌ててきびすを返し、門のほうへと走っていった。それでは間に合わないだろう。登志蔵の足音はもう聞こえない。

大沢は音高く舌打ちをした。

「やましいことがあるから逃げやがったんだろう。お尋ね者だな。この俺から逃げおおせると思うなよ」

捨て台詞を残して、大沢は引き揚げていった。

第三話　今、できること

一

登志蔵の行方を探るのは、思いがけないほどに難しかった。

大沢に疑われ、捕り方に囲まれた登志蔵が姿を消して、今日で五日である。

瑞之助は仕事の合間を縫って、登志蔵の知己を訪ね歩いていた。

登志蔵に連れていってもらったことのある店や長屋はいくつもある。登志蔵の名を出せば、皆がにこやかに応じてくれて「あの人と一緒に飲んでいた」と伝手を教えてくれる。

そうやって人を頼って登志蔵の話を聞くうちに、はっきりしたことがある。

「登志蔵さんのことが何もわからない。足取りがまったくつかめないなんて」

瑞之助が聞き込みに出掛けると、大沢の手下らしき男たちに必ず後をつけられる。それはつまり、大沢のほうでも登志蔵を見つけられずにいるということだろう。

つけられていると察しつつも、瑞之助はあえてそのままにしている。大沢は有能だ。こういう形でもつながりを保っておけば、逆に手掛かりを得られるのではないか。藁にもすがる思いである。

僧の岩慶は、たまに登志蔵と一緒に出掛けていた。が、岩慶は江戸を空けていることも多い。むしろ瑞之助のほうが登志蔵のことを知っているはずだという。

雇い主である玉石でさえ、登志蔵の過去には詳しくなかった。

「果たすべき大願をきっぱりと語ることができ、蘭方医術の外科に長け、見目もよく、おかしな連中との付き合いもなく、女に関してもあっさりしている。それで十分だと思ったのだよ。わたしだって、来し方のすべてを人に話せるわけではないからな」

とはいえ、長崎遊学時代の登志蔵のことは調べたらしい。玉石の生家である唐物問屋の烏丸屋本店は、長崎にあるのだ。生家を通じて、熊本の鶴谷家から勘当されている事実も確かめていた。

登志蔵は長崎や熊本での知人との付き合いを、すでに完全に断っている。脛に傷を持っているらしいと察し、玉石はそれ以上、踏み込まなかった。

下男の泰造も、お使いの行き帰りなどで人に尋ねて回っている。成果のほどは、瑞之助と同じだ。

「登志蔵さんのことをよく知らないのは、俺だけだと思ってた。俺、まだ蛇杖院に来て一年にもならないからさ」

泰造は齢十二。声もきちんと変わっていない年頃だが、働き慣れていて頼もしい。もとは下総の農村で暮らしていたが、人買いによって江戸に連れてこられた。その人買いのもとから救い出したのが登志蔵であり、瑞之助も手を貸した。

登志蔵は泰造のことを買っており、よく面倒を見ていた。泰造のほうも、自分こそが登志蔵第一の弟分だという自負があるようだ。それだけに、泰造は登志蔵が何も告げずにいなくなったことがこたえているらしい。

「泰造さんはあまり知らないと思うんだけど、登志蔵さんは昔のことを隠したがるんだよ。泰造さんが蛇杖院に来てから一月ほどの頃、おうたちゃんたちが病に倒れたことがあっただろう？」

「ああ、腹がおかしくなる疫病だね。冬に流行るやつだ。吐いたり下痢をしたりで、大人はさほど重くならないけど、子供にとっては危うい病だ。俺もあのときは、近づくなって言われた」

「去年の冬、おうたちゃんたちがあの病にかかったとき、登志蔵さんは黙って身を隠そうとしたんだよ。登志蔵さんは、あの病を怖がっていたんだ」

「ええっ？　あの登志蔵さんが？」

「幼い頃、登志蔵さんは麻疹にかかったそうだ。そのとき、生まれたばかりの妹さんに麻疹をうつしてしまったらしい。登志蔵さんは、自分のせいで妹さんが亡くなったんだと、今でも自分を責めている。だから、ああいう流行り病で子供が苦しむ様子は、つらくてたまらないんだって」

泰造は目を見開いた。怒った顔だった。

「聞いてねえ。俺だって……俺だって、妹を亡くしてんだ。もう二度と弟や妹が死なずに済むように、ちょっとでも暮らしが楽になればいいと思って、おとなしく人買いについていった。俺だって……！」

瑞之助は泰造の両肩をつかんで、うつむこうとした顔を上げさせた。思いのほか、少年の肩は骨ががっしりしている。

「登志蔵さんがこのことを泰造さんに教えなかったのは、泰造さんを子供扱いしているせいではないんだ。私や真樹次郎さんが無理やり、登志蔵さんの昔話を暴いてしまっただけだよ。登志蔵さんは心に秘めておこうとしていた」

「心に秘めて、黙って身を隠そうとしていた？　今と同じだな。登志蔵さんが格好いいのは、格好悪いところを見せないからだ。自分からおどけるのは平気なくせに、自分の中の弱いところや都合の悪いところは、絶対に見せようとしない」

「泰造さんの言うとおりだ。武士だから、だろうね」

瑞之助とて、似たようなものかもしれない。

武士であるからには誇り高くあらねばならない。体面の悪いことを遠ざけ、優れた自分でいなければならないと、そう己に課してきた。

蛇杖院に住むようになって、瑞之助は変わった。

下男の仕事に初めて挑んでみても、なかなかうまくできるようにならなかった。医術も、今まで知らなかったことばかりだ。だからこそ、一つずつ学んで身につける毎日が楽しくてたまらない。格好よく振る舞えずとも、いいではないか。

泰造はいらいらしたように息をついた。

「武士だから、か。登志蔵さんが考えてることって、ちっともわからないんだ。

俺が田舎者だからかなと思ってたけど、登志蔵さんが武士だからなんだろうな」

「武士は、そんなに違うかい？」

「育ちが違うってやつだよ。登志蔵さんは、武士にも医者にも学者にもなれる中から、いちばんやりたいことを選んで生きている。俺は違う。手習いもろくにできない村から、人買いに連れられて江戸に来た。蛇杖院で働きながら手習いを教わってるのは、運がよかったからだ。ずいぶん違うって思わない？」

瑞之助は答えに窮した。旗本の次男坊であり続けることを拒んで、家出同然に蛇杖院に住み着き、半ば強引に真樹次郎に弟子入りした身だ。泰造から見れば、わがままな生き方だろう。

泰造は吐き捨てるように言った。

「何で瑞之助さんがしょぼくれた顔をするのさ？　別に瑞之助さんが武士だからってだけで責めやしないよ。登志蔵さんに腹が立つのは、自分の都合でいなくなって、人に迷惑を掛けてるからだ。さっさと出てきてくれないと、けが人が担ぎ込まれてきたらどうすんだ？」

「まったくだ。岩慶さんがある程度は代わってくれていたけれど、今日から幾日かは多摩のほうへ出掛けるからね。もしものことがあったら困る」

泰造は顔つきを引き締めた。

「そのときは、瑞之助さんと俺がどうにかしようよ。俺たちだって、登志蔵さんの治療を手伝ってる。いちばん近くで手術を見ているのは瑞之助さんで、その次が俺だと思うんだ。俺たちにできることが、きっとあるさ」

泰造は鼻息荒く言い切った。心強いことだ。

二

初菜を頼ってくれるのは、妊娠中の女であったり、お産を終えたばかりの女であったりする。小梅村の蛇杖院を訪ねてこられる者ばかりではないから、初菜のほうから出向いている。

一人で外を歩くのは危ない。女が一人で、というよりも、初菜だからこその事情がある。

医者は、人の生き死にの境を目にし、時には死を告げる仕事だ。産科医の初菜はなおのこと、それが多い。お産に際して命を落とす女は多く、それ以上に、産声を上げることなく死んでいく胎児が多いのだ。

産婦やその家族の中には、胎児の死に向き合えない者もいる。医者のくせに命の一つも救えないのかと、初菜に憎しみをぶつける者もいる。命が危ういと感じたことは、一度や二度ではない。

蛇杖院に来てからも、死を覚悟した出来事があった。瑞之助が割って入ってくれなかったら、どうなっていたことか。

あの一件以来、ちょっと近所に出るだけでも、誰かが必ずついてくる。三日に一度ほどの割合で往診をおこなうが、そのときは巴が護衛を務めてくれる。

巴は並の男よりも背が高く、力も強くて疲れ知らずだ。細やかで優しい心配りもできる。薙刀(なぎなた)を使うのも得意で、瑞之助を相手に稽古をする様子は、その名のとおり巴御前のように凜々しくて頼もしかった。

今日は出がけに、真樹次郎から用事を言付かった。真樹次郎は短い手紙の文面を見せながら、初菜に問うた。

「辰巳芸者の鴉奴のことはわかるよな？」

「ええ。先日、八十介さんの手術の日にお会いしましたよね。こちら、鴉奴さんからのお手紙なんですね？」

「ああ。八十介の傷の治りはよいらしい。そっちは心配するなとある。登志蔵のことを案じている、というより、登志蔵が約束を破ったとご立腹だ。庚申薔薇が咲いたら届けると言ったくせに、失踪した。あのつぼみはもう咲いた頃だろう、と」

中庭に植えられた、八重咲きの薔薇の件だ。登志蔵が姿を消す直前のことは、瑞之助から詳しく聞かされている。

「鴉奴さんにも、登志蔵さんの居所がわからないのですね」

「深川の鴉奴のもとに身を潜めているかもしれないと、俺もちょっと思った。だから鴉奴にも手紙で訊いてみたんだが、当てが外れたな。鴉奴も手を尽くして、噂を集めているそうだ」

「わたし、今日は深川佐賀町のほうにも行きます。そちらで話を聞いたら、この近所とはまた違ったことがわかるかもしれません」

「ああ、頼む。初菜に声を掛けたのは、深川に行くと言っていたのを思い出したからだ。ついでに、鴉奴に薔薇を届けてくれないか。何か新しいことをつかんでいないか、それも聞き出してほしい」

「わかりました。巴さんも、深川の料理茶屋で女中奉公をしている知り合いのところに話を聞きに行ってくれるそうです。それから、南町奉行所の広木(ひろき)さまに手札をもらっている、目明かしで古着屋の充兵衛さんのところにも」

「広木の旦那は、北町の大沢の仕事に茶々を入れることは難しい、と言っていたがな。それでも、こっそり気に掛けておくとは請け合ってくれた」

「登志蔵さん、早く見つかるとよいのですが」

真樹次郎は眉間に皺を刻んだまま、口元だけでかすかに笑った。

「まったく、どこをほっつき歩いているんだか。いてもいなくても、迷惑なやつだな」

庚申薔薇の香りは、爽やかな甘さだ。一重咲きの野生種ならば生薬として使えるが、掛け合わせを重ねたこの花にも、同じ薬効があるのだろうか。

初菜は深川を目指す前に、本所三笠町の宮島家に立ち寄り、旭の具合を診た。

「妊娠六月になりますね。近頃はつわりもすっかり落ち着きましたか？」

小柄な旭の腹は、もうずいぶん大きくなってきている。

「ええ、吐き気やめまいはなくなりました。中には、お産を迎えるまでつわりが続く人がいると聞いて、ぞっとしていたんですよ」

「妊娠中の体の具合は人それぞれだし、一人目の子と二人目の子でもまた異なるものですから」

「源弥（げんや）のときは、臨月に入るかどうかの頃からおなかが張って、動くのが怖かったんです。こたびもそうなるのかしら」

旭は、庭を転げ回る齢三つの長男を見やった。

おなかが張るというのは、冷えや疲れなどが原因のこともあるが、陣痛の先触れの場合もある。まだ体はお産の支度を十分に整えていないのに、胎児が母を急（せ）かすかのように、子宮がぎゅっと強張るのだ。

初菜は旭のおなかを按じて脈をとりながら、安心させるように微笑んだ。

「動くのが怖いというのは、正しい判断だったと思いますよ。こたびも決して、無理をなさらないでください」

源弥は、三つにしては小柄だが、疲れ知らずに走り回る。顔を合わせるたびにおしゃべりになり、新しい言葉も覚えている。

幼子の年は、数えで考えると診療に誤りが出やすい。初菜は、生まれてから幾月になるかを必ず確かめるようにしている。幼子の医者になりたいという瑞之助にも、そうするように伝えた。源弥は今、生まれてから二十三月だ。

「初菜先生、いよいよ臨月になったら、また源弥のお世話を蛇杖院にお願いしてもよろしいでしょうか？」

「喜んで引き受けますとも。源ちゃんも蛇杖院の皆には懐いてくれていますし」

旭は少し微笑んだ。

「源弥ったら、いつも失礼なんですよね。今日もせっかく巴さんが遊んでくださっているのに、ふとしたときに瑞之助さんの姿を探したりなんかして」

蛇杖院の誰かが訪れると、瑞之助もいるはずだと思うらしい。瑞之助の名を舌っ足らずに「みゆん」と呼んだりなどするのだが、今日はあいにく瑞之助がいない。

「瑞之助さんにも、また暇を見て源ちゃんと遊んであげるようにと伝えておきます。源ちゃんは近所にお友達ができても、瑞之助さんが好きなんですね」

「初めてのお友達で、特別だと思っているんでしょう。でも、瑞之助さんたちは今ちょっとお忙しいと、姉から聞いています。無理にこちらに来ていただかなくても、まだ大丈夫ですから」

旭の姉は、通いの女中として蛇杖院で働く渚だ。渚は小普請入りの御家人の妻で、暮らしの糧を得るために働きに出ている。

お役に就いていない小普請組の武士にも、禄は給される。もとはと言えば、お城に何かあったらすぐ戦支度をして駆けつけられるよう、お役のない武士もあくせくと働くものではなかったのだ。

しかし、それでは江戸で暮らしていけない。渚のところは、夫も内職に励んでいる。そこらの職人よりも腕がいいんだから、と渚は苦笑交じりに自慢していた。

巴もそうだ。巴の父は、若い頃には佐賀藩お抱えの力士で、武士の身分に取り立てられていた。だが、巴が子供の頃にはもう過去のことになっており、暮らしは苦しかった。巴は十かそこらで働きに出て、子守りなどをしていた。

初菜は川崎（かわさき）の出だ。関わりのあった武士といえば、いばりくさった役人くらいのものだったから、瑞之助のお人好しぶりには面食らった。気さくで働き者の巴や渚が武家の女であることにも、実はびっくりした。

登志蔵もまた、出自を言えば武士だ。敵前で逃げるような真似をするのは武士らしくないのではないか、と瑞之助にこぼしたら、難しげな顔をされた。

「あのとき、登志蔵さんが大沢さんに素直に従わなかったのは、なしてもいない罪を認めるわけにいかなかったからでしょう。そもそも武士の罪には、奉行所は手出しできません。大沢さんは、登志蔵さんが医者でもあることを言い訳にするつもりなのでしょうが。何にせよ、登志蔵さんの腹の内は、同じ武士の私にもわかりませんよ」

この件がいつ片づくともわからない。もしや登志蔵が戻ってこないのではないか、という恐れもある。外科の技を教わろうと思っていた矢先に、困ったことだ。

あれこれと思い出して黙り込んでしまった初菜の顔を、旭が気遣わしげにのぞき込んだ。

「初菜先生もお忙しいんじゃありませんか？　あまり根を詰めないでくださいね」

「ありがとうございます。大丈夫です。暑くなってきましたから、倒れたりなどしないよう、お互い気をつけましょうね」

「今日もこれから、遠くまで行かれるんでしょう？」

「深川佐賀町のあたりまで」

「あのきれいなお花は手土産ですか？　珍しいお花みたいですけれど」

旭は薔薇の包みに目をやった。

「変わり種の庚申薔薇なんですって。蛇杖院に咲いていますから、明日にでもお届けに来ましょうか？」

「お気持ちだけ、ありがとうございます。せっかくのお花も、源弥がちぎってしまうでしょうから」

源弥が、両手で何かをいっぱいつかんで、縁側に駆けてきた。

「まるしゃん」

ころころと板張りの上に転がったのは、南天の赤い実だ。庭に落ちていたのだろう。

源弥は得意げににこにこして、縁側によじ登って旭にくっついた。まるしゃん、まるしゃんと繰り返しているのは、丸い形をした南天の実に「さん」をつけて呼んでいるらしい。

源弥の笑顔につられて笑って、初菜と巴は宮島家を辞した。初夏の日差しの中、日傘を差して、深川へ向かう。

深川佐賀町にある小間物屋の織姫屋では、若おかみのおつねが初菜を待っていた。

おつねは、ひとたび体の具合を損ねて以来、鎮帯(ちんたい)を使わずに過ごしてきた。そろそろ臨月ともなると、腹がせり出し、体もふっくらとしている。

鎮帯とは、妊娠五月（いつつき）の頃から、胸と腹の境に巻くものだ。きつく締めつけて胎気の流れを断つのである。

あるいは、岩田帯（いわたおび）の習わしと混ざって、腹の膨らみのところに締める場合もある。江戸の妊婦は、腹が大きくなりすぎるのを「みっともない」と言って嫌がるのだ。

腹を過度に締めつける帯が妊婦の体によいはずもない。妊婦や産婦を横たえてはならないとする産椅（さんい）の風習とも相まって、お産の危険がいや増している。

妊婦の体に害のある風習など、さっさと滅び去ればいい。初菜はそう願っている。広まってしまった風習に抗（あらが）うのは難しいことだ。縁起物の鎮帯や産椅を悪く言えば、嫌がられることも多い。それでも初菜は闘っている。

初菜の心強い味方は、織姫屋のおかみだ。苦しむおつねを救ったのがきっかけだった。初めは初菜をはねつけていたおかみも、今では初菜の話を熱心に聞いてくれる。

仮に誰かがおつねの腹の大きさに何か言ってきても、おかみは取り合わない。

「おつねは、もとがあんまりにも痩せっぽちだったんですよ。おなかの子を養うために、近頃ようやくふっくらして、ちょうどよくなってきたんです。ね、うちの嫁、愛らしいでしょう？　ええ、もう産み月なんですよ」

おかみは自信たっぷりに言い切って、おつねを守る。

初菜もその様子を目の当たりにしたことがあった。そのときには、不覚にも涙があふれてしまって、おつねを慌てさせ、おかみに抱きしめられた。

おつねの体は大事ない。もし産気づいたらどうすべきかの確認をして、初菜は織姫屋を辞した。

それから初菜は、鴉奴が住む置屋を訪ねた。

取り次いでもらうと、鴉奴はちょうど部屋にいるようだ。見習いとおぼしき十二、三の娘は、鴉奴からの言伝を初菜に告げた。

「二軒隣の、まぼろし屋って水茶屋で待ってて、と鴉姐さんが言ってました」

初菜は鴉奴の指図のとおり、まぼろし屋に入った。巴は初菜を茶屋に送り届けると、知人のもとへと向かっていった。かつて長屋に住んでいた頃の、年の近い友だという。

まぼろし屋は、おそらくさほど大きな店ではない。が、確かなところはわからなかった。あちらにもこちらにも衝立が設けられているので、奥行きも間取りもまったく読めないのだ。

内装がまた一風変わっていた。柱や梁（はり）は艶やかな朱色に塗られ、そこここに狐のお面が飾られている。

お面に施された化粧は、目尻に紅を差した狐らしいものばかりではない。黒い地に金色の化粧の狐もあり、狸（たぬき）のような垂れ目の化粧をした愛敬者（あいきょうもの）もあり、彫物のような桜吹雪を散らせているものもありと、それぞれだ。お面も売り物らしい。

鴉奴が先日つけていた黒い狐面も、きっとこの店で買い求めたのだろう。

初菜は何となく左頬に触れた。眉間から左頬にかけて、斜めによぎる傷痕がある。化粧をすればすっかり隠れる程度の、うっすらとしたものだ。

ほんの少し前、蛇杖院に居着いたばかりの頃には、傷痕が気になって仕方なかった。誰もが傷痕を見つめているように感じ、顔を上げられなかったのだ。

蛇杖院の女中で、かつては武家の奥方だったらしい満江（みつえ）が、もし気になるならと、化粧の仕方を教えてくれた。満江の付き人だったらしいおとらも、相談に乗ってくれた。

二人に化粧をしてもらう日が、幾日かあった。けれども結局、化粧もお洒落もここぞというときにしましょうという取り決めをして、この頃はずっとすっぴんで過ごしている。

「深川に出向くのは、ここぞというときかしら」

初菜はいちばん奥の床几（しょうぎ）に掛け、ひとまず茶を頼んだ。

ふと、置屋に薔薇を預けてくればよかった、と思った。しおれてしまわないだろうかと不安になったのだ。

初菜の心配をよそに、花はしゃっきりしている。朝助が水切りをしてくれたおかげだ。甘く爽やかな香りは飽きが来ず、初菜の鼻を楽しませる。

いくらも待たないうちに、茶屋の表にどよめきが起こった。

「来たのかしら」

衝立から身を乗り出せば、黒い狐面をつけた娘が暖簾をくぐってくるのが見えた。鴉奴である。

お面越しではあるが、たぶん目が合ったと感じたので、初菜は会釈した。鴉奴も一つうなずいた。

鴉奴の背後には、野次馬らしき者たちの姿があった。幇間が幾人か出張って、野次馬を追い払っている。鴉奴は、そんな様子をちらとも見ずに、ずんずんと初菜のほうへ進んできた。

「隣、座るね」

「ええ、どうぞ」

鴉奴は、すとんと床几に腰を下ろした。

よく来る店なのだろう。鴉奴が注文せずとも、心得顔の店主がすぐに、冷ました麦湯と熱い甘酒を運んできた。ありがと、と小声で礼を言って、鴉奴は麦湯で口を湿した。

黒塗りの狐のお面は幾種かあるらしい。先日、蛇杖院を訪れたときは口元まで覆うお面だった。今日のお面からは、みずみずしい唇がのぞいている。鴉奴も化粧をしていないようだ。

初菜は、ぎこちなさを自覚しながら、鴉奴に微笑みかけた。

「来てくださってありがとうございます。お忙しいのではありませんか？」

「世間で思われてるほど、あたしはせわしなく働いてるわけじゃあないよ。幸いなことに、近頃はお座敷を選ぶ余裕さえあるんだ」

「それはよいことですね」

鴉奴は、初菜の膝の上にある花の包みに目をやった。

「咲いたんだね。登志兄が言ってた、庚申薔薇の花」

「ええ。数日前から、順に咲き始めました」

初菜が花の包みを手渡すと、鴉奴は顔の正面にそれを掲げ、じっと見つめた。お面ののぞき穴の陰になっているのに、その目はきらきらとよく輝いている。

鴉奴は唇を尖らせた。

「登志兄が持ってくるって言ったのに、代わりに来たのがあんただとはね」

ちくりと棘を刺された。初菜はあえて笑ったままだった。

「ごめんなさいね。わたしなんかがお使いをして。でも、往診で深川まで出てくるのは、蛇杖院ではわたしだけなんです」

「わかってるけどさ。あたしは、登志兄に会えるのを楽しみにしてたんだよ」

お面の奥からじっと初菜を見つめる目は、やはり不思議な色合いをしている。きらきらともギラギラとも言えそうな輝きは、どんな感情によるものなのか。

初菜は、はっと気がついて、慌てて言い募った。

「わたしは、登志蔵さんとは何もありませんからね。蛇杖院のほかの女の人たちもそう、登志蔵さんと特別な仲などではありませんよ。心配なさらなくても」

鴉奴はぽかんと口を開けた。

「はあ？」

たった一声で、見事に情感豊かである。心底呆れた、というのがひしひしと伝わってくる。

初菜は思わず首をすくめ、上目遣いになって問うた。

「的外れでしたか？」

鴉奴は頬を膨らませ、荒々しく息をついた。

「どうして世間の連中は、女と男がいたら、すぐに恋仲にしてくっつけたがるんだろうね。確かにあたしは女だし、登志兄は男だけど、もしも登志兄が女だったとしても、あたしは登志兄を慕ってるわ。この結びつきは色恋じゃあないの。わかる？」

「は……はい」

「人が人を好きになるっていうのは、ごく当たり前の簡単なことだよ。女だから男だから大人だからって、いちいち窮屈な手続きや役割なんか必要ないでしょ。あたしは登志兄のことが好きだし、それと同じくらい、登志兄に負けたくないとも思ってる」

「負けたくないとは、何の勝負でしょう？」

「登志兄は二十八で、まあまあ若いのに、あんなにすごい医術や蘭学を身につけてる。あたしは十八。まだまだもっと技を磨いていける。二十八になった頃、あたしは登志兄くらい、技を究めているかな？　そう考えたら、負けらんないって思うの」

鴉奴のまっすぐなまなざしは燃えるようだ。

「失礼なことを言ってごめんなさい。わたしも、すぐに色恋だ縁組だという話を持ち出されるのは嫌なのに、あなたに嫌なことを言ってしまいました。気をつけなければいけませんね」

鴉奴は、顎を引くようにしてうなずいた。

「別にいいよ。おあいこでしょ。あたしも、いきなりあんたに突っかかっちまったし」

「期待した相手と会えず、わたしのように気に食わない相手が現われたら、嫌な気持ちにもなるでしょう」

鴉奴は初菜の胸元を指差し、不機嫌そうな口ぶりで言った。

「気に食わないってわけじゃないよ。さっきからさ、あんたの態度が何となく不愉快だったんだけど、わかった。あんた、自分のことなんかどうでもいいと思ってない？」

「自分を大事にしてないでしょ。どっか投げやりなんだよ」

「……そうかもしれません」

鴉奴は床几を平手で叩くと、初菜のほうに身を乗り出した。

「あのね、あたしは、あんたの話を登志兄から聞いたとき、嫉妬するほど格好いいって感じたんだ。医者ってのは男の仕事だと、世間は当然のようにそう思ってる。でも、あんたは堂々と医者を名乗ってる」

初菜は鴉奴の言葉に戸惑いつつ、釈明した。

「だって、医者だと名乗るのが正しいと、自分では思っていますから。医者である父を手伝うだけでなく、医書の読み解きも父から指南してもらいました。賀川流の産科医術は独学ですけれど、産婆の祖母にも産屋で教えを受けました」

「その言葉を語ってるのが男だったら、あたしは何とも思わない。でも、あんたは女で、それなのに医者だって名乗ってる」

「ええ。わたしは医者です。女の医者であるからこそ、女の人の役に立てるかもしれないと思っています。もちろん、必要に応じて男の人も診ますけれど」

鴉奴は唐突に一節、唄を吟じた。

〽伊達衆仲間の女子伊達、華やかなりける次第なり

末尾の一節だろう。歌声はしなやかに伸びた。

初菜は、そのわずか一節で気を呑まれた。芸者の唄などろくに聴いたことがないし、流行りもわからない。だが、鴉奴がただ者ではないことは、はっきりと感じ取れた。

鴉奴は歌声を引っ込めて、ぼそぼそと言った。

「まだ稽古してるところなんだけどさ、『女伊達』っていう唄なんだ。吉原の通りを歩く、一本差しに尺八を持った女侠客の唄。上方のならず者を、からかいながら、ひょいとひとひねりでやっつけちまうの」

侠客とは、弱きを助けて強きを挫く、腕っぷしの強い者のことだ。たいていは男がその看板を背負うものだが、物語の中では女侠客も華やかに活躍する。

鴉奴は深川に身を置く芸者だ。深川の地は、千代田のお城から見て南東、すなわち辰巳の方角にあるので、鴉奴たちは辰巳芸者と呼ばれる。

吉原の女郎と一線を画するのが、辰巳芸者の男勝りな気っ風のよさだ。男のような黒い羽織をまとい、芸は売っても体は売らない。勝気で唄の巧みな鴉奴は、まさに辰巳芸者の鑑(かがみ)だ。

「鴉奴さんには『女伊達』という演目、とても似合うでしょうね」

「あたしもそう思いたいけど、本当のことを言えば、あんたこそ女伊達だよね」

初菜は目を丸くした。

「わたしが?」

「俠客みたいなもんでしょ。医者だって、弱きを助けるんだから。男に引けを取らない技を持っていて、男の格好なんか真似しなくったって格好よくて」

「格好いいだなんて、言われたためしもありません」

「そりゃね、人と違うことをやるのは思い切りが必要で、そんな振る舞いをする人を格好いいって言うことさえ、度胸が必要だもの。あんたのことを格好いいって思ってる人は、きっとほかにもいるよ。悔しいけどさ」

鴉奴は、ほうと息をついた。

何だか胸が温かい。初菜は鴉奴を好ましく思った。威勢がよくて、何でも言葉にしてくれる。世間の枠組みを取っ払ったところで、初菜という一人の人間を見てくれている。

初菜は、むくれた顔の鴉奴に微笑みかけた。頬はもう引きつらなかった。

「もし体の具合が悪くなって、それが男の医者に言いにくいことであれば、わたしに知らせてください。妊娠やお産にまつわることでなくとも、診てあげられますから」

鴉奴は、ぱっと表情を変えた。声をひそめて初菜に耳打ちする。

「それじゃあさ、今からちょっと、うちの置屋に来てくれない？」

「かまいませんよ。どうしましたか？」

「あたしの次に売れっ子の姐さんが、月の障りがつらくてしょうがないって、臥せっちまってるの。按摩の婆さんに針を打ってもらっても駄目で、どうしたもんかって、おかみさんも困ってて」

「そのかたの月の障りがひどくなったのは、いくつの年の頃からですか？」

「二十を超えたくらいからって言ってた。芸者じゃなけりゃ、お嫁に行って子を産んでる頃でしょ。子を産んだら月の障りが軽くなるって話、よく聞くけどさ、芸で食ってこうって思ってるあたしらには縁のない話だよ」

「なるほど。では、まいりましょう。仙術のように、あっという間に快復させる、なんていうことはできませんが」

「わかってる。姐さんに病がないかどうかを診てもらうだけでいいんだ。病があるならある、ないならないで、心の持ちようがあるでしょ？　だけどさ、月の障りだなんて、男の医者が相手だと、ちょっとさ……」

「言いづらいことですよね」

「しかも、あたしらは男勝りで売ってる辰巳芸者だ。いかにも女らしい障りのせいで臥せっちまうなんて、言えないんだよ、やっぱり」

初菜と鴉奴は、それぞれの飲み物を空にした。

衝立だらけの店の中は、蒸し暑さがこもっている。ふうと息をつき、手ぬぐいで首筋の汗を拭って、初菜は鴉奴に問うてみた。

「男の医者の中でも、登志蔵さんのことは信頼しているでしょう？　それでも、登志蔵さんにも相談できなかったのですね」

鴉奴は、戸惑うような目で初菜を見た。

「登志兄みたいな男前を置屋に上げるわけにはいかないよ。あたしの前では、登志兄は本当のお兄ちゃんみたいに振る舞うけど、ほかの誰かの前では男になるかもしれないでしょ？　それも、ひどく冷たいことをしでかすかもしれない」

初菜は、取り成すつもりで微笑んだ。

「登志蔵さんは誰の前でも、いつもあんなふうですよ。黙っていれば男前でも、ちっとも黙っていないし、子供のようないたずらをしてばかり」

鴉奴はかぶりを振って、すがりつくように初菜の袖を引いた。

「ゆうべ、登志兄の昔の噂を聞いたの。鉄砲洲稲荷の近くに、登志兄が身を置いてた蘭学塾があったんだって。木挽町には、紫蘭堂っていう有名な蘭学塾がある。そこを中心にして、築地には蘭学者がけっこう住んでるんだ。登志兄がもといたところも、そのうちの一つだった」

「鉄砲洲稲荷？　築地というと……」

この春に川崎から江戸に出てきた初菜は、まだ地理がよくわかっていない。初菜の土地勘がないことを察した鴉奴が、早口で言い添えた。

「深川佐賀町の永代橋を西へ渡ったら、霊岸島。そこを南へ突っ切って、橋を渡ったら、海を埋め立てた築地なの。鉄砲洲稲荷は築地の北東の隅にあって、ここから四半刻も歩けば着くよ」

「そうなんですね。その話は、お客さんから？」

「うん、久しぶりに来たお客から聞いた。あたしが蘭方医の鶴谷登志蔵の行方を探してるって知って、来てくれたんだ。あの男の名は思い出したくなかったって、すごく嫌そうな顔をしてた」

「嫌そうな顔、ですか」

「そのお客、登志兄が師事してた蘭学者と懇意にしてたんだって。だから、登志兄がしでかしたことが今でも許せないらしいの」

「何をしたというんです？」

鴉奴は、かすれた声で言った。

「登志兄は、師匠の娘を弄(もてあそ)んだ挙句(あげく)に捨てた。師匠の娘に恋してた男たちとの間に揉め事が起こって、その中の一人が腹を切って死んで、それで、師匠の私塾は続けられなくなった。師匠も娘も弟子たちも、江戸を離れてしまった。そう聞いた」

初菜は心ノ臓がざわつくのを感じた。

「まさか、そんな……」

あり得なくはない、とも思った。登志蔵は人目を惹く。あの明るさに心を奪われる者がいるのも当然だ。恋の鞘当ての一つや二つ、起こしていてもおかしくはない。

鴉奴も同じように思っているのだろう。だからこその戸惑いだ。

初菜も鴉奴も言葉が継げなくなった。

紅色の華やかな薔薇の花が、甘く爽やかな香りを放っている。

三

初菜が鴉奴から聞いてきた話に、瑞之助は困惑した。

あの登志蔵に限って、という気持ちがある一方で、腑に落ちるところもある。そういうわけなら隠したくもなるだろう、と思ってしまったのだ。

蛇杖院の皆も似たり寄ったりの反応だった。

真樹次郎だけが違うことを言った。

「周囲の連中を出し抜いて女を弄んだせいで、何もかもめちゃくちゃになったということか？　信じられんな。あいつはそんなに器用ではないだろう」

玉石は顔見知りの蘭学者から詳しい話を聞こうとしたが、噂されている程度のことしかわからない、と言われたらしい。関わり合いになりたくなかったから、近寄らなかったそうだ。

噂の出来事が起こってから、すでに四年近く経っている。登志蔵を除いては、その出来事に関わった者は江戸を離れたという。

瑞之助たちは、日々の仕事に追われながら探索を続けた。多くの人に話を聞いて回ったが、登志蔵につながる手掛かりは結局、乏しいままだった。

新しい知らせがあったのは、四月の終わりが見えてきた頃だった。菊治からの手紙が蛇杖院に届いたのだ。

手紙は登志蔵宛てだった。勝手に読むのは悪いと思いつつ、瑞之助はその手紙に目を通し、菊治に返事を書いた。登志蔵の失踪を知らせ、明日にも会って話したい、もしできるならこの店で落ち合いたいと、場所を告げた。

四月は小の月で、晦日(みそか)は二十九日だった。

その日、瑞之助は昼時に出掛けた。向かった先は薬研堀(やげんぼり)である。

今に残る薬研堀は、ごく小さな堀だ。人の行き交う両国橋を渡り、西詰にある両国広小路からすぐ南へ行ったところにある。

昔は米蔵がこのあたりに建ち並び、荷を運ぶための水路が設けられていた。水路は五十年ほど前に埋め立てられ、今は元柳橋(もとやなぎばし)のそばにほんの少し名残があるだけだ。その名残こそが薬研堀である。

薬研堀の界隈には、医者の看板を掲げた町屋や芸者の置屋が軒を連ねている。堕胎の医術をもっぱらにする中条流の女医者も、このあたりに住んでいるらしい。が、幾度来てみても、瑞之助は中条流の看板を目にしたことがない。医者だと名乗る女にも出会ったことがない。

中条流の医術について、登志蔵と話したことがある。

「そりゃあ、表立って堂々と中条流でございやす、とはやれねえさ。子を流すための薬を飲ませるにしろ、胎で育ちかけている赤子を掻き出すにしろ、やってくれと頼まれたら、どうだ？」

「それは……つらい仕事だと、思います」

「子を産めねえ身の上の女ってのは、案外多いもんだ。が、子を流すための技は、女の体に痛みと害をもたらすものでもある。医者も女も、やはり平気ではいられねえだろうな」

「だから、中条流は看板を出せないんですね」

「医術の一つとして、大切な技ではあるんだぜ。そのへんのことは、瑞之助もよく覚えておけよ。心得違いをするな」

登志蔵は、瑞之助と町を歩くと、いろんなことを教えてくれる。武芸者らしい健脚で、とんでもない速さで歩きながら、少しも息を切らさずに滔々と語るのだ。

煮売り屋のつき屋も、登志蔵に教えてもらった店だ。

つき屋は、床几が店内に三つ、表に一つあるだけのこぢんまりとした店だが、不愛想な親父のこしらえる料理がうまい。お菜を包んで持って帰る客も多く、いつも誰かしら店を訪れている。

暖簾をくぐると、顔に傷のある親父がじろりと瑞之助を見て、ぼそりと言った。

「いらっしゃい。やっぱり一人ですかい」

「ええ。まだ登志蔵さんの居所がわからなくて」

親父は、いちばん奥の床几に目を向けた。先に着いていた菊治が瑞之助に会釈した。

瑞之助は奥まで進み、腰の刀を鞘ごと抜いて、菊治の隣に腰掛けた。

「菊治さんに渡りをつけることができてよかった。来てくださってありがとうございます」

床几に刀を横たえると、菊治は苦笑を浮かべた。

「まだ竹光を差しとる。音と手つきでわかるぞ」

「あの後、登志蔵さんがいなくなってしまって、刀どころではなかったんですよ。菊治さんに知らせるのが遅くなって、すみませんでした」

親父がじっと目を向けてくるのに気づいて、瑞之助は、適当に昼餉を見繕ってくれるよう頼んだ。

菊治は、漬物を肴に酒を飲んでいる。

「登志蔵さんがいなくなって、何日になる？」

「半月です。登志蔵さんは、私の刀の相談のためにまた菊治さんのところに顔を出すと言っていたんでしょう？」

「炉が燃えた翌々日に、手紙でな」

「登志蔵さんが菊治さんに会いに行かずに手紙を送ったのは、数日動けなかったからですよ。翌々日なら、まだ熱があったときの手紙でしょう」

菊治はため息をついた。

「困った人だ。それならそうと言ってくれれば、おるのほうから出向いたとに」

しばらく沈黙が落ちた。

味噌で何かを煮る匂いが、ふわふわと漂っている。

「へい、お待ちどおさん」

親父が二人ぶんの料理を運んできた。菊治は酒を飲みつつ昼餉も食べるようだ。瑞之助が見ている間にも、たちまち二合ほど飲んだが、顔色も呂律もまったく変わっていない。

供された椀に、菊治は、あっと声を上げた。

「だご汁か」

「へい。つき屋流ではありやすがね。味噌を主にした味つけで、ありあわせの菜っ葉なんかを入れてありやす」

「だご汁はそぎゃん料理だ。家それぞれの味があって、季節ごとにいろんな具を煮る。麦の粉を水で練って、千切りながら汁に入るっとじゃ。それさえ入っとれば、どぎゃん味つけでも、だご汁たい」

親父は、もとより気難しげな顔を、いっそう険しくした。

「登志蔵先生からも、ずいぶん前に一度だけ、そう聞いたことがありやす。酔って、ぽろっと出ちまったという具合に。登志蔵先生はおしゃべりなようでいて、自分の素性を漏らすことがない、慎重なお人でさあね」

瑞之助もこの半月で痛感していることだ。

「問えば何でも答えてやる、と言ってくれていたんですが、今思うに、答えられることだけを選んで答えて話を切り上げる、というやり方だったんでしょうね。語り口が巧みだから、登志蔵さんの望むとおりに話が進んでしまうんです」

親父は握り飯と、豆腐の味噌漬け、それからもう一品、運んできた。菊治がまた、嬉しそうに目を細めた。

「一文字(ひともじ)のぐるぐるだ」

「ねぎですか?」

「いや、わけぎだ。玉名におった頃は、よっと食べた。そろそろ旬が終わる頃か」

わけぎをさっとゆでた後、根のほうの白い部分を幾度か折り畳み、そこに青く細長い葉をぐるぐると巻きつけ、一口大にまとめる。酢味噌をつけて食べるのが肥後流だという。

一文字は、ざくざくとした歯ざわりで、思いのほか甘い。みずみずしい野草や野菜は、ほんの少し手を加えるだけで、十分においしいのだ。

新しい客が来て、親父は厨(くりや)に引っ込んでいった。

菊治は箸を休めると、低い声で言った。

「おるにも登志蔵さんの居所はわからん。蘭学塾はもうなくなって、師匠も仲間も江戸には残っとらんと聞いとった。ところが、この間、おらんはずの仲間が急に鍛冶場に現われた」

「その人は、右のまぶたのあたりにやけどのある男ですか？」

菊治は目を見張った。

「いや、別の人だ。ただ、やけどの男も、登志蔵さんの古い知り合いにおった。やけどのせいで右の眉がないとじゃ。なぜ、そん人のことを？」

「登志蔵さんが身を隠す間際、そういう風貌の男には気をつけろと言い残していきました。年の頃は三十過ぎだと。その男は何者なんです？　菊治さんを訪ねてきた人というのは？」

立て続けに問うと、菊治は言葉を探すように口ごもり、それから答えた。

「顔がわかる相手は幾人かおるが、名前はわからん。まともに話したこともなか。あの蘭学塾の件があった後、登志蔵さんを匿っとるんじゃないかと怒鳴り込まれた。それだけだ」

「菊治さんも、登志蔵さんが悪く言われていることを知っているんですね」

「噂になった程度のことはな。登志蔵さんの口からは聞いとらん。話したがらんやったけん、問いただしとらん」

瑞之助は、登志蔵にまつわる噂を菊治に確かめた。

「登志蔵さんが師匠の娘を弄んで捨てて、師匠の娘に懸想(けそう)していた塾生たちの恨みを買い、騒動になった。しまいには塾生の一人が腹を切って死んで、それが原因で塾は続けられなくなった。色恋にうつつを抜かして人を死なせたとあっては、あまりに体面が悪い。そのため登志蔵さんは実家から勘当され、熊本に帰れなくなった」

菊治はうなずき、一つだけ付け加えた。

「腹を切った人も熊本の者だった。董吾さんといって、登志蔵さんとは同い年で、ずっと一緒に学んできた間柄だ。熊本三羽烏と名乗りよったよ。三羽烏の名前と人柄だけは、登志蔵さんから聞いとる。楽しそうに話しよった」

董吾という名は、いささか変わった字を使っているのだと、菊治は己の掌の上に書いてみせた。董は「すみれ」だ。

「三羽烏というなら、あともう一人は？　登志蔵さんと董吾さんのほかに、もう一人いたのでしょう？」

「名は桂策。たぶん、おるも会ったことがある。蘭学塾がめちゃくちゃになった後、怒鳴り込んできた人たちの中におったはずだ。あん人たちは、登志蔵さんを血眼（ちまなこ）になって探しよった」

「確か四年ほど前の、文政元（一八一八）年の秋ですよね？」

「ああ」

「登志蔵さんが蛇杖院に住み着いたのは、文政三（一八二〇）年の春だそうです。一年半ほどの間、登志蔵さんがどこで何をしていたか、知りませんか？」

「師匠の屋敷を出た後、登志蔵さんは初め、おるの長屋に来た。ばってん、狭い長屋と鍛冶場を行き来するだけの暮らしだ。おるが庇い通すことは難しかった。登志蔵さんは、ふらっといなくなってしもうた」

「ふらっと？」

「何も言わんで、いなくなった」

「そのときもですか」

「油断をせん人だ。どこで誰が聞いとるかわからんと思えば、何も言わん。手紙のような証も残さん」

「登志蔵さんの味方だっているのに。まるで人を信じていないみたいだ」

菊治はうなずき、酒を呷（あお）った。

「半年もすると、塾生は姿を見せんようになった。そん頃になって、ようやく登志蔵さんも、おるのところに再び姿を現わした。誰の世話になっとるかわからんやったが、悪い暮らしではなかったようだ」

「なるほど」

「すまんな。おるは、これくらいしかわからん」

瑞之助はかぶりを振った。

「登志蔵さんの足取りを一つ知ることができました。ありがとうございます」

「昔の知り合いには、たどり着けんか？」

「すべて縁を切ったみたいです。鉄砲洲稲荷の近くに住んでいたようなので、あのあたりで聞き込みをすれば、違った手応えを得られそうですが。ほかに何か心当たりはありませんか？」

「登志蔵さんの仲立ちで刀を打ったことが一度ある。旗本の若さまの元服祝いに、どうしても同田貫の刀がいいと望んでもらった。それこそ、登志蔵さんが塾で騒ぎを起こして、身を隠しとった頃のことだ」

瑞之助は思わず腰を浮かした。がたん、と床几が鳴って、親父や客がこちらを見た。ごまかし笑いをしながら、腰を落ち着ける。

「そのかたを訪ねていけば、登志蔵さんにつながるかもしれませんね」

「ああ。ばってん、一千石の御旗本だぞ。若さまに話を聞こうにも、取り次ぎや仲立ちもなしには、難しかろう？」

「一千石ですか。何というお家で、役柄は？」

「小十人頭の直木さまだ。瑞之助さん、知っとるか？」

「いえ。伝手はありません」

小十人組は、お城の警固を司る五番方の一つだ。馬に乗らない近衛衆で、朱色の具足が異彩を放つ。

瑞之助の実家である長山家も番方だが、属しているのは書院番で、格式は直木家よりずっと低い。せめて同じ書院番ならば実家の伝手を使えたかもしれないと思う一方、縁がなくてほっとした気持ちもある。

菊治は重々しげに口を開いた。

「直木家の若さま、竹之進さまから預かっとる刀がある。注文は一振ではなく、一対の刀やった。二振の真作のうち、一振を竹之進さまに納めて、もう一振はおるが預かっとる」

「この間も登志蔵さんと話していましたね。質屋の蔵に預けている刀があると。

そのうちの一振が、それなんですね」

「ああ。若さまの望みとしては、片方は登志蔵さんに贈るつもりやったらしか。ばってん、登志蔵さんは受け取らんやった」

「登志蔵さんは自分の刀を気に入っていますからね」

「それもある。しかし、登志蔵さんがまたいなくなったと聞いて、そのためかと思った。登志蔵さんは、身を隠さんばならんことが起こってもいいように、大切なものを持ちたがらんのかもしれん」

菊治の言は、瑞之助も腑に落ちた。そして、菊治がその刀の話を持ち掛けた意味も察した。

「もしや、その刀があれば、直木竹之進さまにお会いいただけるかもしれないのでは？」

「客のことを他人にしゃべるとはご法度だ。だが、一度だけ竹之進さまがお忍びで浜町屋敷にいらっしゃったとき、どうしようもなく困ったことがあれば相談せよ、と言ってくださった。ならば、こん話もお許しいただけるやろう」

菊治は勢いよく酒を飲み干した。

瑞之助と菊治は、しばらく無言で昼餉を掻き込んだ。熊本の郷土料理は、素朴で優しい味がした。

菊治は、後ほど刀を蛇杖院まで届けると約束してくれた。瑞之助は気が急いたが、礼を言って菊治と別れた。

四

つき屋を出たときから後をつけられていた。いつものとおり大沢の手下かと思ったが、何となく様子が違う。

瑞之助は、両国橋の人混みに押されてふらついたふりをし、背後を見やった。

「まさか」

思わず口走った。

気配を隠すのが下手な誰かが、あからさまに瑞之助を睨んでいた。その傍らに、まさかと言わせた相手がいた。

幼馴染みの坂本陣平（さかもとじんぺい）である。同い年で、共に旗本の次男坊で、手習いでも剣術でもしょっちゅう隣にいた。親友だと信じていた相手だ。

陣平と目が合った。

逃げ隠れはしないと、互いの意思が交わった。

瑞之助は、陣平ともう一人の男に背を向け、さっさと歩いた。ひとけのないところに出れば、陣平らが近づいてくるに違いなかった。

果たして、瑞之助の読みは当たった。

両国橋の東詰から竪川沿いに東へ少し行き、北上したときだった。

あたりは武家屋敷が建ち並び、道の両側は塀と門が連なっている。町屋の多いところに比べて、人通りが少ない。おまけに、賭場が営まれていると噂される大名屋敷のそばである。

剣呑な立ち話をするには、おあつらえ向きだ。

駆け寄ってくる足音に、瑞之助は体ごと振り返った。

「何か用かな、陣平さん」

おのずと左手は刀の鞘を握る。脇差のほうだ。その手元を見た陣平が、にやりとした。

「まだ刀を用立てていないのか」

「日頃は竹光で十分だ。稽古でない場で刀を抜くことは、普通はないものだよ」

鼻や顎の骨ががっしりとした陣平の顔に、かつてのような柔和な笑みはない。

額の傷痕がひどく目立つ。目は黒光りするかのようだ。

十六か十七か、そのくらいの頃、陣平は次第に瑞之助から離れるようになった。何かのきっかけがあったのだろうか。考えてもわからない。

低く押し殺した声で、陣平は言った。

「今日は落ち着いているようだな」

「前のときは、いきなりだったから驚いただけだ。それで、今日は何なんだ？　私に何か用があるんだろう？」

陣平との再会は思いがけなかった。

あるとき初菜を駕籠で呼びつけたのが、陣平だった。陣平の兄嫁、すなわち坂本家の嫡男の妻が陣痛に苛(さいな)まれ、並々ならぬ苦しみようだったという。初菜は死産の宣告をし、兄嫁を救うべく処置を施した。

坂本家の奥方と嫡男は落胆し、あるいは絶望して、誰かを憎まずにはいられなかったようだ。陣平は母と兄に命じられ、初菜の命を狙うこととなった。

刃(やいば)を向けられた初菜を背に庇って、瑞之助は陣平と再会した。風の噂では、陣平は深川界隈のならず者の間で一目置かれているらしい。用心棒や始末屋のようなことをしていると聞いた。

陣平は肩越しに振り向いた。

「用があるのは、俺自身じゃあないんだがな」

ほうほうの体で追いすがってきたのは、ひどく痩せた男だ。きっちりと儒者髷を結った髪の下、右の眉がなく、まぶたには赤黒いやけどの痕がある。息を切らしたその男は、いっそ青ざめて見えるほどに色が白い。年の頃は三十をいくつか越えたところか。

登志蔵が言っていたのは、この男に違いない。

瑞之助はあえて問うた。

「そちらのかたは？　どこかでお会いしたことがありましたか？」

男は鼻を鳴らし、尖った声で言い放った。

「苦労して後をつけてみても、実りがないではないか。登志蔵とつながる糸などつかめんままだ。あやつに言われるがままに動き回ってみたが、もう辛抱ならん。私は帰る」

せわしない息を繰り返しながら、さっさときびすを返す男に、陣平は呆れ笑いをした。

「それでいいのか？」

「かまわん。あやつめ、昔から私のことを見下すそぶりが見え隠れしておったが、今はもう隠そうともせん。ああ、腹立たしい」

瑞之助は聞き咎めた。

「あやつというのは？」

男はちらりと瑞之助を見やったが、答えなかった。青白い額に筋を立て、ぶつぶつと何かをつぶやいただけだ。

瑞之助は追いすがろうとした。登志蔵の過去を知っているはずの人だ。話を聞きたい。

だが、踏み出した瞬間に陣平の気配が尖った。手が刀の柄にかかっている。頰には皮肉な笑みが浮かんでいる。

瑞之助はその間合いに踏み込めない。踏み込むならば、腹を括らねばならない。

陣平が言った。

「白昼堂々、往来でやり合うのはやめておこうぜ。俺も今日は抜かないつもりだ」

「……わかった」

「雇い主からの伝言を預かってる。蛇杖院の連中に伝えろ。『鶴谷登志蔵の身柄を差し出せ。さもなくば、嫌な思いをすることになるぞ』と」

「嫌な思いだと？」

「ちょっとした嫌がらせを企てているようだ」

「そう言われても、登志蔵さんの行方は、私たちにもわからない」

「だから、なるたけ早く見つけるんだ。あの女医者や幼い女中の姉妹が怯える顔なんぞ、おまえも見たくないだろう？」

冷たく言い放って、陣平はあっさりと背を向けた。

陣平のほうが、瑞之助よりいくらか背が低いはずだ。際立って厚みがある体格、というわけでもない。それなのに妙に大きく見えるのは、みなぎる気迫のためだろう。追いすがって肩に触れようものなら、その途端に斬られそうだ。

去っていく陣平の後ろ姿を、瑞之助はじっと息を詰めて見送った。

嫌な思いをするだとか、嫌がらせを企てているという、あいまいな言い方が気持ち悪かった。鍛冶場の炉が火を噴いたときのことを思い出す。もしもあの薬を蛇杖院のかまどに仕掛けられたら？

思い描くだけで、背筋が寒くなるようだった。

瑞之助は足早に蛇杖院を目指した。

五

西日がずいぶん傾いた頃である。

瑞之助は、真樹次郎と初菜と共に、二人の指図を受けながら、干した薬草を取り込んでいた。おおよそ仕事が片づき、明日も晴れそうだから次は何を干そうか、などと話しているときだった。

ぱん、と何かの弾けるような音を聞いた。

初菜が怪訝(けげん)そうな顔をした。

「鉄砲の音ではないかしら」

瑞之助と真樹次郎は顔を見合わせた。真樹次郎は、こぼれてきた前髪を掻き上げた。

「鉄砲だと?」

「ええ。郷里でたびたび聞いていた音です。野山が人里のすぐそばまで迫っていたので、猪などを狩る猟師がいたんですよ」

「しかし、江戸と接したこのあたりで、猪はないだろう。鉄砲なんぞ、たいていの者は見たこともない」

「でも、気になります。わたし、確かめてきます」

初菜がぱっと駆け出そうとしたので、瑞之助は慌てて止めた。

「やめてください。嫌がらせをすると言われた矢先ですよ。私が行ってきますから」

陣平から受け取った伝言は、すぐさま玉石に伝えた。玉石から皆に伝え、通いの者は行き帰りに気をつけるよう、申し送っている。おふうとおうたは、朝助と泰造が長屋まで送っていった。

瑞之助は門から走り出た。何事もなければよいと願ったが、それは叶わなかった。

虫の知らせのようなものを感じ、とっさに向かったのは、横川に架かる業平橋（なりひらばし）のほうだ。この橋を渡れば、江戸の中之郷である。

業平橋の欄干にすがって、男がどうにか立ち上がろうとしている。

「菊治さん……！」

彫りの深い顔が苦痛に歪み、汗でびっしょりと濡れている。

瑞之助は菊治に駆け寄った。菊治の右の太ももから血があふれ出ている。

菊治は瑞之助の助けを、いったん辞した。

「先に刀ば拾ってくれ」

二間（約三・六メートル）ほど向こうに、布に包まれた刀が一振、転がっている。

瑞之助は刀を拾って問うた。

「何があったんです？」

「短筒で撃たれた。短か鉄砲たい。手製のもんじゃろう。威力は大したこともなか」

「誰がこんなことを」

「蘭学者……鍛冶場に訪ねてきた男じゃ。まぶたのやけどの男ではなか。鷲鼻の男たい。登志蔵さんば悪く言いよったうちの一人」

瑞之助は、刀を包む布をほどいた。その布で菊治の傷を縛る。血止めだ。刀を腰に差すと、菊治の前にしゃがんだ。

「負ぶっていきます。背に乗ってください」

「よか。自分で歩く」

「歩かないでください。傷に障ります。蛇杖院まですぐですから、背負っていきます。話はそれから聞かせてもらいます」

菊治は観念した様子で、瑞之助の背に身を預けた。

蛇杖院の門前に、いつの間にか桜丸の姿がある。人並み外れて勘がよい拝み屋は、惨事が起こったのを察したのだろう。淡い色の薄手の小袖がひらひらと夕風になびいている。

桜丸は柳眉(りゅうび)をひそめ、声を張り上げた。

「巴、初菜！　北棟の手術部屋の支度をなさい！」

真樹次郎が門から出てきて、瑞之助と菊治の様子に目を見張り、桜丸に問うた。

「手術部屋ったって、登志蔵はいないんだぞ。どうするというんだ？」

「それでも北棟に通します。南棟の診療部屋に血まみれの者を通すわけにはいきますまい。血の穢れが何をもたらすか、わかりません。北棟の手術部屋ならば板敷きで、畳よりは掃除がたやすい。瑞之助、行きなさい」

瑞之助は菊治を負ぶっていって、北棟の手術部屋に下ろした。

初菜と巴が、傷口や医者の手を清めるための水や御酒、洗いざらしの木綿を運んできた。

瑞之助は、巴が差し出す桶の水で手を清めた。手に付着していた菊治の血で、水が赤く濁った。

真樹次郎が、桜丸が、手術部屋に雁首(がんくび)を揃えた。二人とも青ざめている。

登志蔵がいない。蘭方の外科手術をおこなえる者がいないのだ。せめて岩慶がいれば、傷の具合を確かめることができただろう。だが、岩慶は多摩に行っており、明日か明後日にしか戻ってこない。

浅い傷ではないものの、菊治は我慢強かった。息を切らし、苦痛に顔を歪めつつも、声を上げずに耐えている。

巴が瑞之助に目で合図した。瑞之助は巴に告げた。

「菊治さんの右脚の付け根を掌で圧(お)してください。私が傷口を確かめます」

「わかった」

すかさず巴が止血を始める。

登志蔵の外科手術の手伝いは、巴と二人でおこなうことも多い。例えば、ぱっくり開いた傷口を縫うときには、わざわざ玉石の秘薬など用いない。瑞之助と巴の二人がかりで、けが人の体を押さえるのだ。

瑞之助は傷口の布をほどいた。血の赤色にべったりと覆われ、素肌が見えない。

「正面から撃たれたんですね？」

「ああ」

初菜が水を持ってきた。一度沸かして冷ました水は、穢れが除かれている。傷のまわりの血を手早く洗い、拭う。

瑞之助は、はたと気がついた。

「弾が傷口に入ったままだ」

菊治は呻きながら応じた。

「言ったろう。威力の低い短筒だ」

ぽつりと開いた真っ赤な傷口から、じわりと血がにじむ。

誰も何も言わない。呼吸ひとつぶんの間、静まり返っていた。

瑞之助は、からからになった喉に唾を呑み込んだ。意を決して口を開く。

「血を止めることに専念しましょう。何もせず、傷がふさがるのを待ちます」

真樹次郎が問うた。

「蘭方では、切り開いて弾を取り出すもんじゃないのか？」

「そうかもしれません。でも、登志蔵さんが言っていたんです。外科医はなるたけ何もしないほうがいい、と。下手な者が切開の手術をおこなえば、傷を広げて治りにくくしてしまいます。初菜さんも聞いていましたよね」

　初菜はうなずいた。

「人の体には、自ら治ろうとする力がある。それを手助けするのが医者の役目。今の世の技では、何もかもすべてできるわけではない。そういったことを、登志蔵さんは言っていました。登志蔵さんほどの外科医であっても、できることはほんの少しだと」

　初菜は瑞之助に晒を手渡した。瑞之助は菊治の太ももの傷をきつく縛った。巴も脚の付け根を圧し続けている。

　桜丸が思案気に言った。

「一か八(ばち)かですね。傷口に入り込んだ異物が人の体に害をなすこともあります。しかし、瑞之助の言うとおり、技を持たぬ者が外科手術をおこなえば、より多くの血を失わせることになります。ならば、やはりこのままにするほうがましでしょうか」

　初菜は、血の気が引いて真っ白になった唇で微笑んだ。

「幸いなことに、動血脈は破れていません。太ももにあるような大きな動血脈が傷ついていたら、出血はこんなものではありませんよ。大丈夫。傷はふさがります」

菊治はうっすらと笑みを浮かべた。

「任せる。おるは、これしきのことではくたばらん」

菊治の言葉の訛りに、真樹次郎が気づいた。

「もしかして九州の者か？」

「肥後の玉名から来た。登志蔵さんの知己で、菊治という。刀鍛冶だ」

「そうか。あんたが菊治か」

菊治は気丈だった。水を飲むと、一息ついて、瑞之助に向き直った。

「おるが持ってきた刀は？」

瑞之助は、壁際からその刀を取ってきた。とっさに腰に差してきて、手術部屋まで持ち込んでいたのだ。

「こちらです」

「瑞之助さんは、こん刀を持って、直木家の若さまを訪ねなっせ。こん刀があれば、きっと会わせてもらえる。若さまなら登志蔵さんの行方も知っとらすかもしれん。おるも一緒に行くつもりだったが、こん脚では駄目だ」

瑞之助は皆のまなざしを受けながら、菊治に問うた。

「菊治さんを撃った人も、登志蔵さんを追っているんですよね？」

「ああ。居所を吐けと脅された。何も言わずにおったら、撃たれた」

「何てことを」

「あっちもあっちで焦っとる。登志蔵さんの身柄は、渡したらいけん。頼んだぞ」

菊治は瑞之助の肩をつかんだ。熱い掌には、痛いほどの力が込められていた。

六

小十人頭を務める家禄一千石の直木家は、神田錦町に屋敷を構えている。周囲には旗本屋敷が連なっているが、中でもひときわ敷地が広いのが直木家だった。

番所を備えた長屋門は、普請をし直したばかりなのかもしれない。黒々とした瓦が朝四つの日の光を浴びてつやつやしている。

侍らしい身なりを整えた瑞之助は、菊治に託された刀を布袋に包んで、直木家におとないを入れた。

菊治が撃たれた翌日である。直木家へ事前に文を送る余裕もなかった。追い返されても仕方ないと、半ば開き直っての訪問である。

直木家の門番に名乗り、若さまにお会いしたい、この刀を見ればわかっていただけるはずだと告げた。門番は内向きの事情がわかる者を呼びに行った。

用人の息子だという若い家臣は、佐野青也（さのせいや）と名乗った。青也はいくぶん警戒するような顔で応対したが、けんもほろろというわけではなかった。

刀を託すと、青也は慎重に布袋から刀を出した。

黒漆塗りの鞘には菊の象嵌（ぞうがん）があり、鍔（つば）は梅の透かし彫りである。柄巻（つかまき）の内側に配された目貫（めぬき）は、見事な金細工だ。四君子（しくんし）と称される草木と花、すなわち、蘭と竹と菊と梅があしらわれた目貫である。

青也は、はっとして顔つきを改めた。

「若さまにお話ししてまいります。中へお入りください」

瑞之助は番所で自分の刀を預けると、勝手口から通され、仲ノ間に案内された。ここでしばし待つように言われる。土間で待たされるのではなく、かといって奥座敷からは遠い部屋だ。何となく、青也が瑞之助をどう見ているのかがわかった。

さほど長くは待たされなかった。溌剌とした足音が近づいてきたと思うと、色白の若者が姿を見せた。

「そなたが長山瑞之助どのか？　菊治どのの刀を持って、私に会いに来たと聞いたぞ。私が竹之進だ」

快活な口ぶりである。聡明さが感じられた。

瑞之助は、格下の旗本としての礼をとって平伏した。竹之進はすぐさま面を上げさせた。

口ぶりに違わず、竹之進の表情は快活だった。色白ではあるが、弱々しい印象はない。体はさほど大きくないものの、痩せているのではなく、引き締まっている。

音もなくやって来た青也が、竹之進の背後に控えた。菊治の刀を抱えている。

瑞之助は竹之進の目を見て言った。

「お初にお目にかかります。長山瑞之助と申します。両番筋の実家を離れ、今は蛇杖院という診療所にて医者見習いをしております。このような身の上の者とお会いくださり、まことにありがとうございます」

竹之進は瑞之助を差し招いた。

「今少し奥の部屋へ。私が書見などに使う小部屋があるのだ。そこで話そう」

「よろしいのですか？」

「うん、かまわない。菊治どのがあの刀を託すほどの人だ。私はあなたを信じるよ」

屋敷は、やはり瑞之助の実家よりもずいぶん広かった。造りもどっしりとして、欄間には凝った彫物が施されている。

竹之進の私室は、庭を望む部屋だった。整えられた庭は花で満ち、白や黄色の蝶がひらひらと飛んでいる。

青也は竹之進に菊治の刀を渡すと、部屋を辞した。開け放った障子の向こう、縁側に控える。

書見に使うと言ったとおり、文机の上には書物が積まれていた。書き物の道具や調度の類は、光沢のある黒に揃えてある。低い位置にある小さな襖は一見、納戸のようだ。

床の間に置かれた刀に目が留まった。黒漆塗りの鞘には、蘭の花が象嵌されている。鍔は竹の透かし彫りである。

竹之進は瑞之助のまなざしを追って振り返り、ああ、と笑って、床の間の刀を手に取った。

「これが私の刀だ。二年前、元服の儀に合わせて打ってもらった」

「登志蔵さんと同じ同田貫の刀をお求めになったそうですね。菊治さんが仕上げたのは、二振で一対の刀だったと聞いています」

「刀の茎を検めたか？」

「いえ」

「では見せよう。刀身のほうも、じっくり見てもらおうかな」

竹之進は己の刀を抜き放った。

明るい色をした刀だ。ぱっと目を惹く刃文は、きりりと潔い広直刃。地味な印象になりがちな直刃だが、鮮やかだと感じられた。青みがかった板目肌の地鉄は、きらきらと華やかな地沸が散っており、まるで満天の星空のようだ。

身幅が広く重ねは厚く、鋒が大きくて、反りは浅い。豪壮な姿は、登志蔵の刀によく似ている。

竹之進は柄を外した。茎は、表に菊治の銘と年紀が切られ、裏に年紀と四君子が彫られている。

続いて竹之進は、瑞之助が託されたほうの刀を抜いてみせた。

その刀は、一振目とは印象がまったく違った。瑞之助は吸い寄せられるように見惚れてしまった。

刃文は、霞がたなびくように淡い重花丁子乱れである。身幅も重ねも鋒も反りも、竹之進の刀とほとんど同じだ。しかし、刃文が異なると、刀の「顔つき」がまるで違う。

瑞之助の心ノ臓がどきどきと高鳴っている。

刀とは、こうも美しいものなのか。

竹之進は、瑞之助の食い入らんばかりのまなざしに、くすりと笑った。

「一目惚れしたかな？」

「あ、いえ……失礼しました」

「こういう刀が、瑞之助どのの好みか。この重花丁子乱れという刃文は、古刀の中でも、備前の福岡一文字派が得意としたものだそうだ。なかなか再現できぬ刃文らしい」

「菊治さんは、やはり腕利きなのですね」

「私は、この二振のうちから好きなほうを選ぶよう言われたとき、直刃のほうを迷わず選んだ。凜とした刀だ。同田貫らしいと思う」

「登志蔵さんの、正国の極めがついた刀とも、よく似ていますね」

「うん、私が憧れたとおりの刀なのだ。さて、茎をご覧。二振とも同じく、表には菊治どのの銘が切られ、裏には文政二年二月吉日という年紀と四君子が彫られている。この二振は間違いなく、私の求めに応じて菊治どのが打った刀だ」

鋼の輝きはあまりに美しく、いつまでも見つめていられそうだった。

瑞之助は名残惜しく感じながら、顔を上げた。のんびりはしていられない。用件を切り出さねばならない。

「今日は若さまにお尋ねしたいことがあって、こちらにまいりました。菊治さんの名代も兼ねています。私の話を聞いていただけますか?」

竹之進は刀をもとのとおりに納めながら応じた。

「菊治どのが自ら来るのではないというところには、私も引っ掛かった。菊治どのはどうしている?」

「けがを負わされて、蛇杖院で休んでいます」

竹之進は眉をひそめた。

「負わされて？　何者かに襲われたというのか？」

瑞之助はうなずき、率直に告げた。

「もし若さまが登志蔵さんに渡りをつけられるのなら、お伝え願います。登志蔵さんが『気を許すな』と言っていた、右のまぶたのあたりにやけどの痕がある男とは、私も顔を合わせました。ですが、菊治さんにけがを負わせたのは、別の者です」

「別の者？　登志蔵先生と関わりのある者か？」

「蘭学者です。菊治さんは、見たことのある顔だと言っていました。年の頃は三十ほどの、鷲鼻の男だそうです。菊治さんはその男に、手製の短筒で撃たれました」

竹之進は何か言おうとした。瑞之助は口をつぐみ、竹之進の言葉を待った。竹之進は、手振りで瑞之助に「続けてくれ」と促した。

「短筒の弾は、菊治さんの右脚に当たりました。さほど威力がなかったと見え、弾は傷口に入ったままです。登志蔵さんがいるなら、切り開いて取り出すことができました。ですが、今の蛇杖院では、止血をするのが精いっぱいです」

「菊治どのの傷は、命に関わるほどのものか？」

「血は止まりました。幸い、太い血脈を痛めなかったようです。昨日の今日ですから、まだ傷口が腫れて、熱が出ています。蛇杖院の拝み屋がずっと様子を見ていますので、病をもたらす穢れには冒されずに済んでいます」

「拝み屋というと、桜丸どのか」

「ええ。ご存じですか」

「むろんだ。蛇杖院のことは、登志蔵先生からたくさん聞かせてもらっている。止血をしたのは巴どのか？」

「はい。巴さんと私が。それから、血が流れるさまは見慣れているからと、産科医の初菜さんも知恵を貸してくれました」

「漢方医の真樹次郎どのや、怪力無双の岩慶どのは？」

竹之進は、まるで英雄物語の続きをせがむ子供のように、目を輝かせて身を乗り出した。

「真樹次郎さんは、滋養の薬を煎じてくれます。岩慶さんは、ちょうど昨日は蛇杖院にいなかったのですが、今朝帰ってきて、すぐに話を聞いて、止血の措置を誉めてくれました」

「無茶な手術をしなかったことを、岩慶どのもよしとしたのか。そうだろうな。

登志蔵先生はいつも言っていた。『人の体には、自ら治ろうとする力が備わっている。医者がやるのは、その力を信じて手助けをすることだけさ』と」

竹之進は、あの軽妙な口ぶりを真似てみせた。

ああ、本当に登志蔵さんの医術がこの人を救ったことがあるんだ。瑞之助はそう感じ、目頭が熱くなった。

登志蔵に早く帰ってきてほしい。瑞之助は、本当は心細くてたまらない。

だが、そんな弱みを表に出すわけにはいかない。

瑞之助は改めて告げた。

「菊治さんは、登志蔵さんの居所を訊かれ、決して明かさずにいたために撃たれました。相手はまだ登志蔵さんの居所をつかんでいないのです。やけどの男と一緒にいた用心棒稼業の男も、雇い主からの伝言として、登志蔵さんの身柄を引き渡さねば蛇杖院に嫌がらせをする、といったことを告げていきました」

竹之進は、ひたと瑞之助を見つめた。

「居所が割れたら、登志蔵先生はどうなる？　奉行所に引き渡されてしまうのか？」

「相手の望みや狙いはわかりません。ただ、四年ほど前の怨恨が絡んでいる様子ではあります」

「瑞之助どのはその話を私に聞かせて、どうしたいのだ？　登志蔵先生に出てきてもらわねば困る、とは思っているのだろう？」

「思っています。登志蔵さんの身を守り通したいとも望んでいます。それと同時に、登志蔵さんを助けたいんです」

「登志蔵先生を相手に引き渡さねば、己の身が危ういかもしれぬ。それでも瑞之助どのは、登志蔵先生を守ってくれるか？」

「はい」

「必ずか？」

「お約束します。私は登志蔵さんから学びたいことがたくさんあります。蛇杖院において、登志蔵さんの代わりを務められる人はいません。登志蔵さんは、なくてはならない人です。悪意ある人が登志蔵さんを奪っていこうとするなら、私は闘います」

竹之進はまぶしそうな目をして微笑んだ。

「しかとわかった。今の言葉、私が登志蔵先生に伝えておく」

瑞之助は嘆息した。

「やはり、若さまは登志蔵さんの居所をご存じなのですね」

「初めから明かさず、すまなかったな。試すような真似をしてしまった」

「いえ。正直に申せば、私も、一か八かというような心持ちでしたから。刀の一振で信を得られるのか、若さまは本当に登志蔵さんとのつながりをお持ちなのかと。失礼いたしました」

「お互いさまだな」

「登志蔵さんは今、どこにいるんです？」

「それは言えぬ」

「では、無事かどうかだけ、お教えください」

「無事だ。けがなどしておらぬし、やけども治ってきておる。そこは案ぜずともよい」

「よかった。ありがとうございます」

頭を下げた瑞之助に、竹之進はすぐ面を上げさせた。

「話を聞かせてもらえて嬉しかった。いつか蛇杖院に行ってみたいものだ」

「いらしていただけたら、ご案内しますよ。お待ち申し上げております」

うん、と竹之進は子供のように素直にうなずいた。

話が一区切りしたので、瑞之助は早々に暇乞い(いとまご)をした。菊治の様子が気になるし、蛇杖院が襲われないとも限らない。謎の蘭学者だけでなく、大沢率いる捕り方に押し入られるかもしれない。

登志蔵さんがいてくれたらと、改めて痛感する。だが今は、足元にも及ばずとも、瑞之助がどうにか埋め合わせるしかないのだ。

竹之進は思案気な顔をした。

「刀はいったん預からせてくれ。菊治どのへの見舞いは、後で蛇杖院に届けさせる」

「承知いたしました」

「また何かあれば、いつでも来てくれ」

「ありがとうございます。登志蔵さんによろしくお伝えください。それでは」

瑞之助は竹之進に告げ、ちらりと納戸のほうを見やって、部屋を辞した。

七

「もう少しゆっくりできるのなら、茶を点(た)てようと思ったのだがな。事情が事情だから、致し方ないか。瑞之助どのは帰ってしまったぞ」

竹之進は、つい今しがたまで瑞之助が座っていたあたりを見つめて独(ひと)り言(ご)ちた。

いや、独り言のようでいて、実は話しかけた相手がいた。

納戸に見える襖が薄く開いた。

そこは武者隠しといって、その名のとおり、護衛のための武者を控えさせる小部屋だ。ある程度大きな武家屋敷の玄関や奥座敷などには、必ず設けられている。

武者隠しから顔をのぞかせたのは、登志蔵だった。瑞之助が屋敷を訪ねてきたと聞いたとき、竹之進が武者隠しに登志蔵を控えさせたのだ。むろん、護衛のためではない。

登志蔵は笑おうとした。

「格好いいこと言ってくれたなあ、瑞之助は。俺のために闘うってさあ……」

言葉が詰まり、頬も口元も震えた。登志蔵は唇を嚙みしめ、うつむいた。

竹之進は登志蔵の手を取り、薄暗い武者隠しから引っ張り出した。その掌の厚みや骨の太さに、竹之進の手はまだ追いついていない。それが少し悔しい。

病がちだった幼い頃に比べると、今の竹之進はきわめて健やかだ。朝早くに起き出して剣術の稽古をしているから、腕はめきめきと上がっている。背丈もまだ伸び続けている。ひょっとしたら登志蔵を追い越せるかもしれない。

「登志蔵先生が言うとおり、蛇杖院はよいところなのだな。だからこそ、蛇杖院の皆を巻き込まぬようにと、登志蔵先生は姿を隠すことにしたのだろうが」

「違う」

吐息そのもののように力のない声で、登志蔵は言った。

「何が違う？」

「俺は、皆に昔のことを知られたくなくて、逃げただけだ」

「昔のこととは、蘭学塾でのことか？　この屋敷で一年半ほど暮らしていたことも？」

登志蔵は、うつむいたままうなずいた。

「全部つながっているから、何ひとつ話せずにいた。熊本で過ごしていた頃のことも、どんな友がいたのかってことも、ろくに話していないんだ。薄情だろ？　蛇杖院の皆からは早々に見放されるんじゃねえかと思ってた」

「しかし、瑞之助どのが来てくれた。ほかの皆も一所懸命に探してくれているようだぞ」

　登志蔵は、大きな掌で己の顔を鷲づかみにするように、すっぽり覆った。

「瑞之助がまぶしくてしょうがなかった」

「登志蔵先生が襖の向こうにいることにも、実は気づいていたのではないかな」

「俺がここにいてもいなくても、あいつは俺を悪く言いはしなかっただろう。誰を悪く言うこともないんだ。悪感情を抱いてしまったら、そんな自分に戸惑って、口ごもって固まってしまう」

「嘘がつけない人なのだな。その瑞之助どのが、登志蔵先生を助けたいと言った。心からの言葉だ。登志蔵先生に強い味方がいるとわかって、私も嬉しい。でも、少し悔しい気もするな。やきもちというやつだ」

　竹之進が登志蔵と出会ったのは、五年ほど前のことだった。幾人目の医者だっただろうか。どうせこの人も大したことはできないのだろうと、竹之進は高を括っていた。

　当時の竹之進は、体の弱い子供だった。

　苦い薬を我慢して飲んでも、わけのわからない祈禱を聞かされても、竹之進の体は治らなかった。結局、どの医者も何もなせず、多額の薬礼を受け取るだけで去っていった。

竹之進は、医者というものを信じていなかった。表向きは礼儀正しい坊やのふりをしつつ、医者の言うことなど聞き分けるつもりもなかったのだ。

ところが、登志蔵はそれまでの医者とはまったく違った。

まず、ずいぶん若かった。当時はまだ二十三だったはずだ。しかも格好がよくて気さくで、物知りでおもしろかった。

その頃の竹之進にとっていちばんつらかったのは、ふとした弾みで息が苦しくなることだった。喉がひゅっと狭まったようになって、体じゅうを使って息を吸っても、胸の奥まで届かない。ぜいぜいと、水鳥の鳴き声みたいな音が喉や胸で鳴る。

ひとたび咳が出ると、いつ治まるかもわからなかった。胸の奥からせり上がってくるような深い咳だ。べったりと固まった痰を吐けば、いくらか楽になった。が、そうなるまで延々と咳き込み続けると、ぐったりと疲れてしまった。

息ができないので体がつらくてたまらないのに、横になって眠ることもできなかった。横たわった格好のほうが、息苦しさがひどくなるのだ。

加えて、痩せて細いはずの脚が、妙にむくんでばかりいた。顔色も悪く、肌がかさかさしていた。何も食べたくなかったし、動き回るのは億劫だった。さほど息が苦しくない日でも、脚が萎えたように重かった。

登志蔵は、竹之進に苦い薬など飲ませなかった。もちろん祈禱や読経などもしなかった。竹之進に咳の発作が出たときには、硝子とゴムでできた道具を使って、安息香の湯気を吸入させた。

苦しいことも退屈なことも強いない登志蔵を、竹之進は好きになった。登志蔵が生き生きと目を輝かせて聞かせてくれる話は、何から何までおもしろかった。咳の発作で苦しむ竹之進が呼べば、登志蔵は必ず駆けつけてくれた。竹之進の発作が落ち着くまでそばにいて、呼吸が最も楽な体勢を保てるよう、背中を支えたり抱きかかえたりしてくれた。

この人なら信用できる、と竹之進は思った。

竹之進は登志蔵の真似をするようになった。蘭学で用いる二十六文字の「いろは」を覚えた。登志蔵の愛刀と同じ同田貫の刀がほしいとねだった。登志蔵は儒学の素読を完璧に終えているのだから、手習いも登志蔵から教わりたいと駄々をこねた。

熊本には辛子蓮根という料理があると聞いて、厨の包丁人に何とかして作らせた。登志蔵が「初鰹を食ってきた」と口にすれば、竹之進も食べてみたいとわがままを言った。登志蔵の好きな食べ物はすべて、竹之進も口にしたかった。

気がついたときには、竹之進の脚のむくみは消えていた。両脚にも丹田にもしっかりと力が入るようになると、登志蔵に教わって竹刀を振ることも楽しくなった。

「若さまの体の弱さは、江戸患いだったんじゃねえかな。熊本の田舎料理を食うようになったら、けろっと治っただろう？　肺と気管支の発作は、幼子だけに現われる病だと思う。体を鍛えながら、もう少し大きくなれば、きっと発作は出なくなるぜ」

そう登志蔵に励まされ、竹之進はいっそう剣術修行に力を入れた。好き嫌いをせず、いろんなものを食べた。登志蔵の診立てのとおり、竹之進は次第に健やかになっていった。

登志蔵が蘭学塾に居場所を失ったときには、竹之進が登志蔵を引き留めた。今後は江戸にいられねえなと、何でもないことのように言った登志蔵に、竹之進が泣いてすがったのだ。

むしろ登志蔵のほうが困った顔をしていた。蘭学塾の連中から悪く言われる自分がここにいたら直木家に迷惑が掛かる、というのが言い分だった。

結局、鶴谷登志蔵がこの屋敷にいることを決して明かさないのを条件に、竹之進は引き留めに成功した。

直木家に隠れ住んでいた頃の登志蔵は、よほどのことがない限り、門から外に出なかった。竹之進のたっての頼みで共に出掛けるときも、頭巾を深くかぶり、顔をうつむけていた。せっかくの庭園もろくに見なかったに違いない。

それが登志蔵の本来の姿ではないと、竹之進もわかっていた。そうではあっても、兄のように頼もしい登志蔵を独り占めできるのは、誇らしい気持ちだった。

幼くわがままな時は、やがて終わりを迎えた。

竹之進が元服をするのと同時に、登志蔵は直木家の屋敷を離れて蛇杖院に移り住んだ。登志蔵の代わりに、竹之進のための同田貫がやって来た。その頃には、もうほとぼりが冷めたからと、登志蔵は顔を隠さなくなっていた。

あれ以来、登志蔵とはたまに会うだけになっていた。

だが、こたびもひと悶着起こると、登志蔵は真っ先に竹之進を頼ってくれた。

そのことが、竹之進には本当に嬉しかった。

今、登志蔵は、掌で覆った下でどんな顔をしているのか。

竹之進はその顔を暴いたりなどしない。かつて、幼かった竹之進が泣きべそをかいたとき、登志蔵はぽんと背中を叩いて、優しい声で「話を聞かせてみろよ」と言ってくれた。

だから、竹之進も同じようにするのだ。

「登志蔵先生、話を聞かせてほしい。私はもう、病弱な子供ではない。登志蔵先生が一人で抱え込んできた重荷を、少しでいいから、私に持たせてほしい」

顔を隠したまま、登志蔵は弱々しく笑った。

「俺はいつまでも子供みたいな男だよ。見栄っ張りで、嫌なことがあればすぐ逃げる」

「逃げて心が軽くなるなら、逃げたらよいと思う。でも、今の登志蔵先生は上手に逃げることができなくて、苦しそうだ」

登志蔵は肩で息をした。繰り返し、そうしていた。嗚咽（おえつ）を抑えているのかもしれない。

竹之進は待った。

やがて、登志蔵は口を開いた。

「熊本三羽烏の話は、いつもしていただろう？　草花が好きで本草学が得意な菫吾と、船来の道具に目がない桂策と、俺の三人だ。藩の医学校で学んでいた頃からの仲間で、長崎でも江戸でも一緒で……菫吾が腹を切って死んだ。俺の目の前で死んでいった」

「うん」

「立派なとか、見事なとか、言わないでくれ。もしそういう最期だったんだとしても、俺が台なしにした。俺が介錯(かいしゃく)を頼まれたんだよ。でも、血を流す菫吾の苦しそうな顔を見たら、武士の礼儀作法なんてものは全部吹っ飛んだ」

登志蔵はいっそう激しく息を切らし、体を震わせながらも、言葉を続ける。

「治してやりたいと願ってしまった。俺の技をもってすれば、どうにかしてやれるんじゃないかと思ってしまった。あのとき、俺は武士ではなく、医者だった。菫吾はそれを望んでいなかったにもかかわらず、俺は医者であることしかできなかった」

ぎりぎりと、かすかな音が聞こえた。嚙み締めた奥歯がすり合わされる音だ。己の顔を覆う登志蔵の手は、肌に爪を突き立てている。

竹之進は思わず、登志蔵の腕をつかんだ。己を傷つけてほしくなかった。

「登志蔵先生のしたこと、選んだ道は、誤りなどではないはずだ」

きつく力が込められていた登志蔵の手は、竹之進が触れた途端にだらりと落とされた。できたばかりの傷口に血の玉が膨れ、涙のように頰を伝って流れる。

「俺は菫吾の命を救いたかった。できる限り急いで縫った。それでも、凄まじくたくさんの血が流れて、縫った傷が腫れて膿んだ。菫吾は熱に浮かされながら死んだ。長いこと苦しめてしまった。介錯をしてやれば、苦しみは刹那で済んだのに」

竹之進は、かぶりを振った。何度も何度も振った。

「登志蔵先生は悪くない。悪くないよ。登志蔵先生のせいなんかじゃない」

子供が駄々をこねるような言い方しかできなかった。鼻の奥がつんとする。

竹之進は深呼吸をした。

どんな息の仕方をしても、もう喉が狭まったり、ひどい音が鳴ったりはしない。少しも苦しくない。健やかな体になれたのは、医者であると同時に武士である登志蔵が、竹之進を診て、鍛えて、導いてくれたからだ。

竹之進は問うた。

「菫吾どのは、なぜ腹を切らねばならなかったのだ？　罪を犯したのか？　それとも、罪なきことを示すために？」

登志蔵はしばらくの間、体じゅうを使って呼吸をしていた。引きつるような、震えるような呼吸は、だんだんと落ち着いていった。

再び顔を上げたとき、登志蔵は、静かに燃えるような目をしていた。ごまかしの笑みもなく、泣いてもいなかった。低くきっぱりとした声で、登志蔵は言った。

「菫吾は罪など犯さなかった。身の潔白を示すために腹を切った。菫吾をそこまで追い詰めたのは俺だと、噂が立った。師匠のお嬢さんを巡る恋の真ん中に俺がいて、皆を掻き乱したと。噂を前に、俺は黙っているしかなかった。黙ったまま逃げて、身を隠すことを選んだ」

胸のつかえが取れたかのような、登志蔵の語り口だった。

竹之進はうなずいて続きを促した。

うなずき返した登志蔵は、静かに語った。

第四話　誰がための真実

一

江戸も北東の隅にある向島若宮村の椿屋敷は、つやつやした葉を茂らせる椿の木々に囲まれている。花が咲くのは寒い頃で、今の時季は実もまだ膨らんでいないとあっては、わざわざ見物に来る者もない。

夏の初めに、病を患った女が椿屋敷に移り住んできた。病者とはいえ、身のまわりのことを自分でこなせる程度には、しゃっきりしている。住み込みの女中や下男の類も必要ない。ただ、買い物に出ることはしないので、日に一度、入用のものを届けに来る女中がいる。

用心棒として雇われている陣平は、平屋造りのこぢんまりとした母屋に足を踏み入れたことがない。

母屋に住まう女、すなわち陣平が護衛すべき相手は「こちらでお茶でも」と呑気な誘いをかけてくるが、陣平は上がり込むつもりなどなかった。食事をするのも土間でよい。

陣平は母屋の傍らにある小屋で寝泊まりしている。もとは下男でも住まわせていたのだろう。わずか三帖の狭さだが、ちゃんと畳が敷いてあって、居心地は悪くない。

実は陣平が家禄三百石の旗本の次男坊であることを知ると、薗部百合は驚いていた。

百合というのが、陣平の護衛すべき相手だ。年の頃は、陣平より四つ上の二十六。生まれも育ちも江戸だが、三年余り前、父の郷里の水戸に引っ越したらしい。

用心棒とはいっても、陣平の仕事は特にない。百合を訪ねてくる者はほとんどおらず、椿屋敷の周囲はのどかで落ち着いている。

どちらかといえば、百合の危なっかしい動向を見張るのが役目かもしれない。

百合を敷地の外に出すのはまずい。ふとした弾みで、立ち上がれなくなるほど落ち込んでしまい、陣平も手を焼いた。明るく装っているのは表向きのことで、百合の内実はひどく脆いようだ。

百合がこたび水戸から江戸に出てきたのは、病を治すためだ。陣平の雇い主が百合を江戸へ呼んだのだ。

「熟達した蘭方の外科医術をもってすれば、病そのものを体内から除くことができる。江戸にはその技に優れた医者もいるはずだが、水戸くんだりでは望むべくもない」

百合の病は乳に石ができる類のものだ、と聞かされ、陣平もおぼろげながら理解した。

肌を裂いて石を除けば、その病は治るらしい。そういう話は、医術に疎い陣平も耳にしたことがある。

この頃、陣平は朝日と共に起き、夜は日暮れと共に眠っている。食事も朝昼晩の三度、きっちり取るようになった。百合がそれを望むのだ。

百合は、水戸では近所の子供らを集め、手習いの師匠をしていたそうだ。聞き分けのない子ほどかわいいものよと言い、ならず者の陣平をも子供扱いしたがる。

陣平は辟易(へきえき)としてしまうが、いちいち口答えするのも面倒だ。できるだけ百合の言うことを聞いてやっている。それで、夜は手下に屋敷の周囲の護衛を任せ、下男小屋で刀を抱いて眠ることにした。

雨戸を開ける音がする。もう朝だ。百合が起き出している。

陣平は襟元を掻き合わせた。傷痕だらけの肌の上には、紅い梅花の彫物がある。しっかりと襟を合わせておけば、彫物はほとんど隠れる。遠慮のない目をして探りを入れてくる百合の前では、隠しておきたかった。

庭に出ると、どんよりとした曇り空だった。梅雨のさなかだ。夕餉の頃には蛍の舞が見られるが、そろそろ盛りを過ぎた。

鳥のさえずりが聞こえる。早起きの鶯(うぐいす)の声も交じっている。夜は夜で蛙どもが歌うので、町のにぎわいから遠い向島も存外、にぎやかだ。

百合が手を止めた。

「おはよう、陣平」

「……おはようございます」

言いつけられたとおり、素直にあいさつに応じる。さもなくば、礼儀作法が云々(うんぬん)と口やかましい。

百合はにっこり微笑んだ。美しいが、頬骨が目立つほどに痩せている。襷掛けした袖からのぞく腕も、骨と皮ばかりだ。おかげで年より老けて見える。

「朝餉の支度をするわね」

「……ありがとうございます」

用心棒だか下宿人だか、これではちっともわからない。

世話など焼いてくれなくてよいと幾度も言ったし、凄んでもみせたが、百合は聞く耳を持たなかった。

結局、「何もするなでは暇で暇で仕方がないから勝手に出歩くわ」と言われ、それで何かあっては凄まじく面倒だから、陣平は渋々引き下がった。

その一件で、押せば話を通せると、百合は学んだらしい。陣平は食事を供されるのみならず、着物まで繕われている。庭で剣術の稽古をすれば、縁側に出てきて見物される。蛍をつかまえて、と子供のようなわがままを言われたこともある。

かつて江戸に暮らしていた頃の百合は、奔放なお嬢さまだったらしい。「父も下宿人たちもわたしには手を焼いていたのよ」と、くすぐったそうに百合は言った。

飯の炊き方も味噌汁の作り方も、水戸に越してから覚えたらしい。婿養子に迎えた医者は薬食同源の養生術に優れている。身も心も健やかに生きることの大切さを、夫に教わっているところだという。

針仕事のほうは、江戸にいた時分から、好きでやっていた。お洒落が好きで、人に注目されたいのに、着道楽を気取れるほどに裕福ではなかった。だから、自分で工夫して、奇抜な着物を縫ったり飾り物をこしらえたりしていたらしい。

百合があれこれと話して聞かせたがるので、陣平もすっかり、薗部百合という人の来し方の物語が頭に入っている。なぜそうも話し好きなのかと問うてみたら、思いがけない答えを寄越された。

「わたしが死んでも、あなたが覚えていてくれれば、わたしはこの世から消えてなくなるわけではない。だから、仮に病が治らなくとも、怖くはない。あなたに話すのは、わたしが覚悟を決めるためよ。死んで償うのではなく、きちんとおしまいまで生きる覚悟を決めるの」

ゆえに、ほかに何もせずともよいから、おとなしく話し相手になっていろという。

深川界隈の裏側で生きるようになって以来、こんなに手ぬるい用心棒の仕事は初めてだ。俺でなくとも務まるだろうに、と陣平は思う。

気分が悪いわけではない。むしろ、麹町にある坂本家の屋敷を離れて過ごすのは、爽快ですらある。

百合はいそいそと台所へ向かった。陣平は夫よりずっとよく食べるのよね、と妙に楽しそうだ。

子を養うような心地なのかもしれない。話したがる百合の受け答えが面倒で、むっと押し黙っていたら、十代半ばという難しい年頃の少年のようだと笑われた。

百合と夫の間に子はいない。乳に石ができる病のせいだろうか。ならば、石を除けば子もなせるのか。それとも、子宝と病は関わりがないのか。

陣平にはあずかり知らぬことばかりだ。

あいつなら、少しはわかるんだろうか。

ふと頭に思い浮かぶのは、お人好しそうに笑う幼馴染みの顔だ。

長山瑞之助。

二度と会わないつもりだった。どの面を下げて、というやつだ。陣平のほうから、瑞之助を突き放した。

瑞之助は悪くない。ただ、どうしようもないほど気に食わなくなっただけだ。瑞之助は追ってこなかった。一方で、陣平には悪い取り巻きが増えた。

万事においてむしゃくしゃしていた頃だった。一度きりのつもりで賭場に足を踏み入れ、そのまま␣ずるずると沈んでしまった。

十九の頃、陣平はならず者の喧嘩に巻き込まれて傷だらけになった。あれっきり、瑞之助だけでなく、旗本の次男、三男坊の友人は誰ひとりとして陣平に声を掛けなくなった。

気位の高い両親や兄が陣平を屋敷に置き続けるのは、世間体よりも大事なことがあるからだ。

腹を切れと言われる代わりに、誰それを斬ってこいと命じられたときは、二度とまともな暮らしはできないのだと悟った。このために家族は陣平を生かしたのだ。

今の自分が憎いかといえば、案外そうでもない。

何かが吹っ切れたようで、剣術の腕が格段に上がった。俺はこんなに強かったのか。日々それを実感できるというのは、心地よいことだ。

今ひとつ強くも賢くもなれなかった子供の頃は、いつも何かに遠慮していた。

気が弱かった。だが、腹の括り方が変われば、人は何者にでもなれるものだ。

朝餉の支度が整うまで、陣平は庭で剣術の稽古をする。

広い庭だが、生け垣の椿を除いては、花を咲かせる草木が見当たらない。おかげで伸び伸びと刀を振り回すことができる。

気を研ぎ澄ませ、抜刀する。一撃一撃に力を込め、舞うように打ち振るう。

ここにいない相手を思い描く。瑞之助だ。思いがけず再会してからというもの、頭から離れない。

もう一度あいつと刀を交わすときは、次こそ、完膚なきまでに叩き伏せてやりたい。

子供の頃は、勝たねばという必死さに欠けていた。瑞之助も必死などではなかったが、人一倍器用で何にでも才を示した。十人並みの陣平が同じ程度に甘い覚悟で臨んでも、勝てるわけがなかった。

ふと。

椿の生け垣の合間から、人の訪れが見えた。

陣平の雇い主である。無月斎(むげつさい)と呼べ、と告げられている。その話をしたのは朔の夜のことだったから、あの場で適当に思いついた名だろう。朔の夜には月が出ない。

百合は別の名で無月斎を呼んでいる。そちらが本名なのだろうか。陣平には関わりのないことだ。いくつもの名を使い分ける者も、古い名を捨てる者も、さほど珍しくもない。

無月斎は、そっけない門を抜け、屋敷の庭に至った。

蘭学者にして蘭方医だと、無月斎は名乗っている。ずいぶん羽振りがよいらしい。上等な身なりをしているから、どこぞの大店（おおだな）の旦那かと見紛うばかりだ。学者か医者らしいところといえば、月代（さかやき）を剃らずに儒者髷を結っていることくらいか。武家の生まれのはずだが、腰には歌仙拵（かせんこしらえ）の華やかな脇差だけを差している。

すでに納刀していた陣平を、無月斎は横目で見やった。鷲鼻をふんと鳴らす。

「朝早くから精が出るな」

「あんたこそ、朝早くに顔を出すとは珍しい」

「眠っておらんだけだ」

「また墓荒らしか？　そろそろ足がつくぞ。深川を縄張りにする捕り方どもは、そこまで能なしではない」

無月斎は露骨に嫌そうな顔をした。

「死体の調達はそろそろ打ち止めだ。これ以上試したところで、十分な腕前の医者が現われるとは思えん」

墓を暴きたいから、どんな仕事でもして口の堅い者を紹介しろ。無月斎から以前そう言われ、陣平は面食らいながらも、心当たりを仲立ちした。

盗んだ死体を用いて無月斎がおこなっていたのは、試験である。

我こそはと名乗りを上げた蘭方医に死体を与え、題目どおりに腑分けをさせる。腕を切り開いてどこそこの血脈を取り出せだの、腹を切り開いて何ノ臓を管ごと取り出せだの、見ても聞いても気持ちのよいものではない。

しかも季節は梅雨だ。雨ばかりの日々で、じっとり湿っている。たまに晴れると、蒸し暑くなる。盗んできた死体は、ほんの数刻で、何とも言いがたい悪臭を放ち始める。

無月斎は吐き捨てるように言った。

「寺の坊主どもめ、早晩に出ていけなどと。金に目がくらんで、いかがわしい者にも宿坊を貸し渡すくせに、死体ごときで怖じ気づくとは」

「あんたが派手にやりすぎなんだ。深川ではとっくに噂になっている。坊主どもは、とばっちりを食うのを嫌がっているんだろう」

「わかっているとも。だから、この策はもうやめだ。医者探しなど、悠長にやっていられん」

「何をそう焦っている？」

無月斎はいきなり、陣平の胸ぐらに手を伸ばした。払いのけるのはたやすかったが、陣平は好きにさせた。

顔を近づけて声をひそめ、無月斎は言った。

「焦るに決まっておる。お嬢さんの病のことだ。なるたけ早く除いてやらねばならんというのに、医者が見つからん」

「あんたも医者だろうに。己の手は動かさねえってか」

「黙れ」

「百合お嬢さんなら、ぴんぴんしているように見えるが」

「幸いなことに、今はまだ痛みがないらしい。だが、石の病が肺にまで及んだら助からん。乳の石と違って、肺に及んだ病は、除く手立てがないからな。それでは駄目だ。この吾輩が責を負っておきながら、みすみす死なせるわけにはいかんのだよ」

無月斎は陣平を突き放した。陣平は襟元を直しながら、薄ら笑いを浮かべてみせた。

「よほど大切なんだな、百合お嬢さんのこと」

「大切？　ほう、おまえの目にはそう見えるか」

「違うのか？　惚れた女のために一肌脱いでいるもんだと思っていたんだが」

「くだらん憶測だな。俗なことを言うものよ」

「じゃあ、何なんだ？　なぜお嬢さんの暮らしの面倒を見てやったり、病の治療のために奔走したりしている？」

「お嬢さんの病という難題、昔の師が投げ出した難題を、吾輩が解いてみせるのだ。無能者に力を示してやるのだよ。心地よいことではないか。その途上で、必ずこの世から排すべき者を始末することもできる。ならば、やらぬ手はあるまい」

「あんたは、そういう胸くそ悪い物言いしかできねえのか？」

「何とでもほざけ。退屈しているなら、また仙周と共に外に出てきてもよいのだぞ」

陣平は舌打ちした。

「その役目は否と伝えたはずだ。俺は薗部百合の用心棒として雇われた。あんたに好き勝手な用事を言いつけられるのは、約束が違う」

一昨日は、仙周に瑞之助の後をつけさせると無月斎が言い出したので、気になってついていくことにした。が、探る相手が瑞之助でないのなら、仕事の筋を曲げてまで仙周の世話をしてやる理由はない。

無月斎は懐手をした。妙に膨らんで見える懐には、革細工の嚢（ふくろ）に納められた短筒が入っている。そんな物騒なものに触れるのが、苛立ちながら考え事をするときの、無月斎の癖だ。

初めは何を取り出すつもりかと訝しく思い、警戒したものだった。今も気を抜いてはいないが、さほど恐れてもいない。

無月斎の動きは遅い。以前は剣術を修めていたというが、稽古を怠って久しいのだろう。体に余分な肉がついて、ずいぶんと鈍（にぶ）っている。気をつけていれば、陣平が後れをとることはあるまい。

苛立ちが収まらない様子の無月斎に、陣平は問うた。

「黒い暖簾の薬師は店じまいか？」

無月斎はこともなげに答えた。

「あちらも少々目立ちすぎた。よい商いであったが」

「人気芸者の鴉奴が、黒い暖簾の薬師について調べている。そこから足がつくかもしれんとなれば、あんたも手が出せないわけだ」

無月斎はにやりとした。獣が牙を剝くような笑みだ。

「おお、そうだ。あの小娘を使って、登志蔵をおびき出すか」

陣平は目を細めた。

「何をしでかす気だ？」

「小娘に噂を広めさせるだけだ。心配するな。おまえがしゃしゃり出ずともよい。小娘をかどわかせとも痛めつけろとも殺せとも言わんよ」

「心配なぞしていない。面倒をこれ以上増やされてはたまらんと思っただけだ」

百合が再び縁側に姿を見せた。無月斎を見つけ、ぱっと笑顔になる。

「何だか久しぶりね。忙しくしているんでしょう。こんな朝早くに来るなんて、もしかして寝ていないのではない？」

無月斎はにこやかに応じた。

「お嬢さんにはかないませんね。ええ、眠っておりませんので、体がつらくて」

そう言って、あくびの真似などしてみせる。

百合のような無辜の者を前にすると、無月斎はまるで別人のようだった。朗々たる声音は役者めいている。その声で語り聞かされると、妙に納得してしまうのだ。

陣平も初めは、無月斎を類まれな者かもしれないと思った。

春先、妊婦である兄嫁を救うために医者を探していた折、陣平は、黒い暖簾の薬師を知った。それが無月斎だった。陣平は無月斎を訪ね、兄嫁の様子を告げた。無月斎は朗々たる声音で陣平に説いた。

「妊婦の胎にいるのは、嫡男の跡取りとなる男児であろう、とな。ならば、妊婦の腹を切って赤子を取り出してやろう。むろん妊婦は死ぬが、吾輩には赤子を生かすことができる」

そんなことを兄に言えば、陣平は無月斎もろとも、たちまち斬り捨てられただろう。陣平は無月斎に依頼はしなかった。だが、おためごかしを述べるばかりの他の医者とはまるで違うのが、強烈に印象に残った。

おもしろいやつかもしれない、と思った。だから、無月斎に声を掛けられた用心棒の仕事を引き受けてみた。

蓋を開ければ、見込み違いだったようだ。私怨や見栄に囚われる無月斎は、すっかり精彩を欠いている。百合の手術を急がねばならないはずなのに、ぐずぐずと時を費やすばかりだ。

百合は、無月斎にも朝餉を出すと言って、台所のほうに引っ込んでいった。その後ろ姿を睨んで、無月斎は吐き捨てた。

「落ちぶれたものだ。あのお嬢さんが、どこにでもいるおかみさんのように振舞うとは」

「そんなに様変わりしたのか」

「気位が高くてわがままで、すべてが自分の思いどおりになると考えているような、どうしようもないお嬢さんだった」

無月斎と百合の再会は、偶然のことだったという。無月斎は、短筒の火打ち仕掛けを改良するため、質のよい瑪瑙（めのう）を求めて水戸へ赴いた。そこで薗部洋斎と百合の消息を聞き、ふと気が向いて訪ねてみたのだ。

蘭学で得た知恵を使って罪に手を染めた無月斎は、すでに一財をなしていた。これを元手に、江戸で商いを始めようと思っていたところだった。

無月斎の目に、かつての恩師の姿はみすぼらしく映った。塾生の多くが憧れていた百合は婿を取り、穏やかで平凡で心の脆い、つまらない女になっていた。

勝った、と無月斎は思ったのだそうだ。

無月斎はかつての恩師とその娘の前で、親切で礼儀正しい弟子を装ってみせた。二人とも何の疑いも持たずに無月斎を歓迎した。百合の病についての相談を受け、ならば自分が江戸で名医を探してみせましょうと請け合った。

ふとひらめいた様子で、無月斎は笑った。

「登志蔵をおびき寄せるには、お嬢さんの名を出すのも一案だな」

「あの逃げ足の速い男が、その名ひとつで姿を現わすか？」

「現わすとも。そうするだけの因縁があるのだ。登志蔵が出てきたら、お嬢さんの手術の執刀をさせる。あやつの腕ならできるだろう。奉行所に突き出すのは、その後でかまわん」

「仙周は納得しねえだろうな。こたびこそ登志蔵を殺してやると息巻いている」

できやしないだろうが、と陣平は付け加えた。仙周のあの貧弱な腕で何ができるというのか。

仙周はまた、体力もない。一刻ほど歩き回っただけで、ぐったりと疲れ果てていた。日に当たるのがまずいのだと言い訳していたが、そんなありさまで、よくぞ盛岡から江戸まで旅してこられたものだ。

つまるところ、浅水仙周という男は、学者と聞いて陣平が思い描いたとおりの青瓢箪（あおびょうたん）だったのだ。妙に浮世離れしていて、買い物ひとつするにも危なっかしく見える。ならず者どもを意のままに操るどころか、浅知恵程度の悪だくみさえうまくない。

無月斎も、仙周の役立たずぶりはよくよくわかっているらしい。

「あやつの思惑など、どうでもよい。すっかり能なしに成り下がりおって。郷里では何ひとつ手を動かさなんだな。外科の技も舎密学の分離術も忘れ、新たな知を得んと求める志を失い、年だけ取った。何とくだらん男であることか」

ならば、さっさと解き放ってやればよいものを。

「あんたはどうなんだ？　医者として、蘭学者としての腕前のほどは？」

思わず、陣平は問うた。

無月斎は答えた。

「吾輩が富を得られたのは、蘭学修業の賜物なのだよ。古くさい習わしに縛られず、さまざまな地を旅しながら生きていける。吾輩にしかできん、人並み外れた生き方だ」

陣平は失意を覚えていた。

人並み外れているわけではない。人の道を外れているのだ。お尋ね者が一つ所に居を構えて生きていけないだけではないか。

蘭方医と名乗っておきながら、自ら百合の手術を執刀しようとしない。技に自信がないのなら、盗んだ死体でとことん稽古をすればいいのに。

泥くさく研鑽を積むことがよほど嫌なのか。あるいは、できないという事実に向き合うことに耐えきれないのか。

百合が母屋のほうから呼んでいる。朝餉ができたらしい。

無月斎は愛想のよい声で応じ、母屋のほうへ向かっていった。その背を睨んで、陣平は遅れぬよう、ついていった。

二

五月七日である。梅雨の合間の晴れた日のことだった。

昼四つ、裏庭の畑の草取りをする瑞之助の耳に、ばさっと、何かが落ちた音が聞こえた。

「またか……」

瑞之助はため息をついた。

それと同時に、悲鳴が上がった。

「きゃっ」

おふうの声だ。日の当たる裏庭に洗濯物を干しに来たところ、それが目の前に落ちてきたらしい。

それ、というのは、こたびは猫の死骸だ。塀の外から投げ込まれ、地面に叩きつけられて、無残なありさまである。

泰造がたまたま近くにいたようで、おふうのもとへ真っ先に飛んでいった。尻もちをついたおふうの腕から、洗濯物の入った盥を奪う。

「けが、してねえか？　立てる？」

「う、うん。ちょっと痛いけど」

「転び方が下手なんだよ。洗濯物なんか放り出せばよかったのに。腰を打って痛めたら大変なんだぞ。特に女はさ。初菜さんがそう言ってた」

「そう……」

「ほら、早く立てよ。地面、濡れてるだろ。体が冷えるのもよくないんだぜ」

泰造はおふうと猫の死骸の間に立って、視界を阻んでやっている。

瑞之助も駆けつけたものの、どうすることもできずに立ち尽くした。嫌な匂いを感じて、思わず息を詰める。

犬や猫の死骸を塀越しに投げ込んだり、門前に置き去りにしたりする。それが、陣平が伝言として告げた「嫌な思いをさせる」ことの内訳だった。

塀の外からは音沙汰がない。死骸を投げ込んだ者は逃げおおせたのだろう。定町廻り同心の広木宗三郎（そうざぶろう）が手下を幾人か貸してくれているが、広い蛇杖院の周囲すべてを見張ることはできず、敵の手による嫌がらせを防げずにいる。

大沢にも、嫌がらせのことは知らせてある。厄介事を増やすなと怒鳴られ、まともに取りあってはもらえなかった。とはいえ、見張りを続けてはいるようで、瑞之助は外に出るたびに、誰かに後をつけられる。

桜丸と岩慶が、おふうの悲鳴を聞きつけたらしく、すぐにやって来た。

「瑞之助、さわるんじゃないよ！」

桜丸は尖った声で告げた。常日頃の柔らかな物言いは鳴りをひそめ、ぴりぴりしている。

岩慶は、ずだ袋や襤褸（ぼろ）を携えていた。猟で狩った獲物を解体するときと同じように、指先から肘まで覆う手袋をつけている。

「拙僧が処理いたそう。皆は見ずともよい。ささ、離れよ」

六尺五寸の筋骨隆々たる体を屈め、経を唱えながら、岩慶は死骸をずだ袋に納めた。

初めて犬の死骸が門前に置かれていた日は、瑞之助がそれを見つけた。気味の悪さよりも哀れみが勝った。墓でも作ってやるべきかと思い、手を差し伸べたところで、桜丸に叱り飛ばされた。

「触れるな！　死骸ってのは、どんな穢れを持っていやがるか、わかんねえんだよ！」

穢れというのは、病をもたらす毒のようなものだ。常人の目には見えない。が、桜丸の目には、ありとあらゆる穢れが映っているらしい。

男にしては小柄で華奢な桜丸は、声がまた男とも女ともつかない不思議な響きだ。いつもは低くしっとりと落ち着いて心地よいのだが、この嫌がらせが始まってからは、尖った調子で怒鳴ることが増えた。

紅を刷いた目尻を吊り上げて、桜丸は怒っている。

「死骸をきちんと弔わなけりゃならねえのは、罰（ばち）が当たるからでも気味が悪いからでもねえんだよ。たちまち穢れにまみれて、病を運ぶからだ。風呂に入る人間でさえそうだ。ましてや、犬や猫や鼠、野山の獣なんかは、生きてるうちからごまんと穢れを抱えてるもんさ」

そういえば、桜丸が犬や猫にさわるところを見たことがない。蛇杖院には犬や猫がおらず、桜丸はめったに外に出たがらないので、たまたまそうなのかと思っていたが。

「桜丸さんは、犬や猫が嫌いなんですね？」

ぴんときたことを問うてみたら、桜丸は勢いよくうなずいた。

「さわれるわけがない。この目に映るものを、そっくりそのまま、瑞之助にも見せてやりたいね。かわいがられてる飼い犬、飼い猫ならまだましだけど、そこいらの野良なんてもう、おぞましいほどにべったりと穢れを引き連れてるんだから」

桜丸は身震いした。極端にきれい好きなのも、穢れが目に留まるのが我慢ならないからだ。

瑞之助は、母のうんざりした顔を思い出した。かわいらしい犬や猫を、汚らわしいと言って嫌っていたものだ。

「野良の獣がまずいというのは、私も母に言われていましたね。爪や牙で傷をつけられたら、手に負えない病を発してしまうから、近寄ってはならないと」

「傷口が腫れ上がって膿むだけで済めばいいけどね、ひどい熱が出たり、肺を患ったり、下手をしたら骨ノ髄まで病むことがある。犬に噛まれた傷がもとで、しまいには脳を冒されて死んじまうことだってあるんだ」

岩慶は背を向けたままで応じた。

「いずれにせよ、皆は死骸に触れるでないぞ。死骸を見つけたら、拙僧か桜丸どのに知らせよ」

ようやく立ち上がったおふうは、泣き出しそうに顔を歪めている。犬や猫の死骸としょっちゅう鉢合わせするようになって、すっかり参っているようだ。

玉石が様子を見に来た。今日の装いは、黒っぽい絣の男物の単衣だ。赤い三尺帯でざっくりと着ている。

「また何か投げ込まれたか」

岩慶が振り向いて答えた。

「猫であるよ。幸いと言おうか、傷つけられ殺められた様子はないゆえ、拾った死骸であろう」

「この手の嫌がらせが始まってからというもの、誰ひとりとして蛇杖院に近寄ろうとしなくなった。商売あがったりだ」

「もとより商売っ気はなかろう。しかし、医者を頼らねばならぬ者が蛇杖院に近寄れぬとあっては、世のためにならぬな。登志蔵どのは今、どこで何をしているのか」

玉石の手には、長さ一尺ほどの小さな蛇が巻きついている。黄金色の体に七本の黒い帯を巻いたような、ぱっと華やいだ色合いが洒落ている。日和丸（ひよりまる）と名づけられたこの蛇は、薩摩（さつま）の南に浮かぶ島にのみ棲む、珍しい種だという。

日和丸は、ひょいと体を持ち上げ、怒り心頭の桜丸のほうへ黒曜石のような目を向けた。玉石が日和丸の望みに応じて、桜丸の手に移らせてやる。

途端に、桜丸の顔つきが緩んだ。

「気を遣ってくれるのですか、日和丸。おまえはいつでもかわいらしいこと」

蛇の日和丸は、むろん人の言葉をしゃべらない。しかし、人の話をわかっている節があるし、勘が鋭い。ひょっとしたら、人の心が読めるのかもしれない。瑞之助が気落ちしたときも、するすると寄ってきて、愛くるしい目で見つめてくれるのだ。

玉石は、おふうに告げた。

「ことが決着するまで、やはり、おまえたち姉妹も蛇杖院に近づかないほうがいい。行き帰りの道中も危うくて仕方がないからね。ほかの通いの女中たちと同じように、しばらく来なくていいよ」

おふうは目を見開いた。

「そんな。困ります」

「おまえたちとおっかさんが暮らしに困らんよう、食べるものは長屋に届けさせる。烏丸屋の小僧の顔は、おまえも覚えているだろう？」

「そうじゃないんです、玉石さま。あたしは働きたいんです。蛇杖院にいたい。長屋にいたって、おっかさんは眠ってばっかりで、あたしもおうたも不安になるんです」

「そんなことを言うもんじゃないよ。たまには、おっかさんにつきっきりで孝行をしておあげ。いつまでも一緒にいられるわけではない。そのときが来てから悔いても遅い」

おふうとおうたの母は、肺を患っている。労咳（ろうがい）である。この頃では、時折ひどい咳と共に血を吐くようになってしまった。長くないことは、十三のおふうだけでなく、わずか七つのおうたもわかっている。

母が弱っていく様子を間近に見るのはつらいだろう。おふうの気持ちは玉石も察している。だからこそ、嫌がらせが続く蛇杖院にも来させていたのだ。

だが、それももう限界だ。おふうとおうたの身を守るためには、蛇杖院に近づけるわけにはいかない。

瑞之助は、落ち込むおふうが気掛かりで、申し出た。

「私が今から、おふうちゃんとおうたちゃんを送っていきましょうか？　気晴らしに少し寄り道して、菓子なんかを買ってもいいですし」

玉石はうなずいた。

「そうしてくれ。こちらには岩慶がいるし、もうじき広木どのも様子を見に来るはずだ」

「気に掛けていただけて、ありがたいことですね」

突然、岩慶が声を上げた。

「手紙だな。猫の口の中に押し込まれておった」

岩慶は振り向いた。革の手袋の上に、汚れてくしゃくしゃになった手紙がある。

手紙は、わざと崩したような筆跡で書かれている。宛名を判読し、瑞之助は眉をひそめた。

「登志蔵さん宛て？」

玉石は鼻を鳴らした。

「連中もまだ登志蔵の居所をつかんでいないのか。一か八かで、あちこちに手紙を撒くつもりか？」

手紙は簡潔だった。

「五月十五日の夕刻に向島若宮村の椿屋敷に鶴谷登志蔵ひとりで来い。さもなくば百合の命が危うい。他言無用」

それだけのことが殴り書きされている。

百合という者を人質にとれば、登志蔵を脅すことができる、と踏んだのだろう。期日まで、あと八日である。

玉石は思案気に唇に触れ、瑞之助に命じた。

「瑞之助、おふうとおうたを駒形長屋まで送ったら、直木さまの屋敷に知らせておいで。登志蔵につながり得る道は、結局そこしか知らんのだ」

「承知しました。若さまには、菊治さんの傷の具合もお知らせしてきますね」

菊治の脚の傷はふさがった。骨にも障りはないようだ。だが、菊治の身を守るため、蛇杖院に留めている。

熱が引くや否や、菊治は床を払って起き出し、仕事を始めた。包丁を研いだり、鍋や釜を磨いて穴をふさいだりと、金物に関わる仕事はひととおり何でもできるのだ。がみがみうるさいはずの女中頭のおけいも、働き者の菊治をえらく気に入っている。

岩慶は、ずだ袋を手に立ち上がった。猫の死骸の痕跡は、何かの液に濡れたはずの土を含め、跡形もない。

「さて、拙僧は弔いをいたそう。おふうよ、しかと母に孝行するのだぞ」

おふうは黙ってうなずいた。

瑞之助はおふうを連れ、東棟へと、おうたを迎えに行った。おうたは初菜に針仕事を教わっているところだった。

「今日は早く帰ることになったよ。私が送っていくから、おうたちゃん、支度をして」

おうたは一瞬、不安そうな顔をした。おふうの様子をちらりとうかがう。それから、何事もなかったかのように、無邪気な笑みを浮かべてみせた。

「わかった。じゃあ、もういっぺん玉結びをして、おしまいにする」

初菜もわけを察したようで、瑞之助に目でうかがった。瑞之助はかぶりを振って、裏庭のほうを見やった。

「玉石さんから聞いてください。私は二人を送った後、神田のほうを回ってから帰りますから、遅くなると思います」

「気をつけてくださいね」

「はい。ああ、そうだ。私も身支度を整えないと。おふうちゃん、ここにいて」

おふうはうなずいた。いつものはきはきとした返事が出てこない。

まだ幼い胸に心労が重なっているのだろう。桜丸が言うには、死というものを間近に目にすれば、心が疲れ、あるいは傷ついてしまうものだという。母の病の件に加え、この嫌がらせが、おふうにはひどくこたえている。

瑞之助は長屋に戻り、手早く着替えて刀を差した。さすがに竹光では心もとない。ないよりはましだからと、玉石が適当に調達した数打物(かずうちもの)を借りている。

東棟に戻ると、おうたは針仕事の片づけを終えていた。にこにこして瑞之助のほうへ駆けてくる。

おふうとおうたを連れて門を出ようとしたところで、泰造が追いかけてきた。後ろ手に持っていたものを、おふうの前に差し出す。

「ほら、元気出せ。おうたにも、おっかさんにも分けてやれよ」

　泰造がおふうに渡したのは、黄色い皮の甜瓜（まくわうり）だ。

　おふうは目をぱちぱちさせた。

「この瓜、どうしたの？」

「岩慶さんが五つも六つも買ってきてたんだ。種を残しておいて、畑に植えてみるんだって。熟れるのを待ってからみんなで食べようって言ってたんだけど、おふうもおうたも、明日から来ねえんだろ？　だから、長屋で食べなよ」

　おふうの顔に笑みが戻った。頬にほのかな赤みが差す。おふうは甜瓜を胸に抱えると、手を伸ばして、自分より少し背の低い泰造の頭を撫でた。

「ありがとう。よく気がついたわね。いい子いい子」

「ば、ばか、何するんだよ！」

　泰造は目を真ん丸にして跳びのいた。おふうはけらけらと笑った。瑞之助はおうたと目を合わせ、つられて笑う。

　おふうは、年の近い泰造の前では普通の女の子だ。背伸びをした働き者ではない。からかったり、ちょっとした喧嘩をしたりと、肩の力が抜けている。

「じゃあ、行こうか」

瑞之助はおうたの手を引き、おふうを連れて、駒形長屋を目指して歩き出した。

黙って脚を交わしていたおうたが、瑞之助を見上げた。

「ねえ、瑞之助さん」

「何だい？」

「危ないこと、しないでね。約束して」

瑞之助は背を屈め、おうたの顔をのぞき込んで微笑んだ。

「おうたちゃんも、危ないから関わってはいけないよ」

「危ないのね、やっぱり」

おうたの小さな手に力が込められた。瑞之助の手をつないだまま離したくない、と言わんばかりに。

昼前の空は薄曇りだが、じわりと暑い。風が湿っている。また雨が降るのだろう。

三

　七日ぶりに直木家を訪れた瑞之助は、手短に用件だけを告げた。さっと帰っていこうとする瑞之助を、竹之進は門のところまで見送りに出た。

　竹之進は瑞之助に耳打ちした。

「ずっと後をつけられているようだな。先日、瑞之助どのがここへ来た後、屋敷のまわりをうろついている男がいた。八丁堀の旦那から手札をもらっている、きちんとした目明かしだと名乗っていたが」

「本物ですよ。北町奉行所の大沢振十郎という同心の手下です。若さまにもご迷惑をお掛けしてしまいましたか」

「いや、気にせずともよい。このあたりのように武家屋敷ばかりの地とあっては、強面の岡っ引きもやりづらそうだったな」

　竹之進が目明かしのことを岡っ引きと呼んでみせると、瑞之助はちょっと目を見張った。岡っ引きとは、いくぶん荒っぽい響きの俗称なのだ。旗本の若さまが使う言葉ではない。

瑞之助は、追手が身を潜めているほうをそっと見た。

「登志蔵さんはきっと無実です。そう信じているから、岡っ引きたちにも好きにしてもらっているんですよ」

何かあればお知らせください、と告げて、瑞之助は帰っていった。

登志蔵はまた身を隠したまま話を聞いていた。場合によっては自分で瑞之助と話す、という手筈だったが、結局出てこなかったのだ。

竹之進が自室に戻ると、登志蔵はどこからともなく姿を現わした。竹之進は登志蔵に問うた。

「命が危ういと脅されている百合というのは、例の娘御だろう？　師匠の息女で、幾人かの塾生が想いを寄せていた相手。けれども、その娘御は登志蔵先生に惚れていた。言うなれば、あの出来事の真ん中にいた人だ」

登志蔵はうなずき、首をかしげた。

「忘れようがねえ名だよ。しかし、なぜ今になってお嬢さんの話が蒸し返されるんだ？　しかも、命が危ういってのは何なんだろうな」

「人質に取られているのではないか？」

「お嬢さんは水戸にいるもんだと思ってたぜ。江戸に出てきていたのか？　どっちにしろ、俺をおびき寄せるための人質なら、もっと簡単なのがいくらでもいるだろう。蛇杖院の女連中、往診先の子供らや年寄り、辰巳芸者の鴉奴」

「刀鍛冶の菊治どの」

「若さまをさらっていったっていいだろうしな」

登志蔵は竹之進の額をちょんとつついた。口元には、からかうような笑みがある。

初めて瑞之助が直木家を訪ねてきて、それをきっかけに過去を打ち明けると、登志蔵はすっかり調子を戻した。よく食べてよく眠り、屋敷の庭で剣術稽古もする。竹之進が乞えば、やわらの術の稽古をつけてくれる。屋敷の者の体の相談にも乗っている。

加えて、登志蔵は外との渡りをつけるようになった。青也に手紙を託して深川へ走らせ、辰巳芸者の鴉奴にいくつかの用事を頼んでいるのだ。

頼んだ用事の一つが、黒い暖簾の薬師がなした仕事の内訳をすべて教えてほしいというものだった。鴉奴のもとには、あいまいな噂から確かな筋による知らせまで、いろいろな話が集まっていた。

一覧を眺めた登志蔵は断じた。

「やっぱり蘭方医のしわざだな。鴉奴に目薬として処方されたベラドンナもそうだったが、長崎で教わったオランダ医術の知恵がねえと思いつかないものばかりだ」

「エレキテルも医術のうちに入るのか？　平賀源内（ひらがげんない）が作ったというからくりで、何もないところに火と光を起こすのだろう？　触れると、痛みが走ったそうだな」

「その火だか光だかよくわからねえものは、オランダ語ではイレクトリシテイト、というんだ。雷の仲間だな」

「へえ。エレキテルは雷を作るからくりだったのか」

「黒暖簾が使ってみせたのは、平賀源内が作った本物じゃあないだろう。舶来品を手に入れたのかな。イレクトリシテイトを体に流すことで何らかの療治になる、というアンゲリア語の本を読んだことがある。エレキテルといえば、日ノ本では見世物として知られちまっているがな」

　鴉奴の癖字で綴られた一覧は、竹之進にとって風変わりなものばかりだった。あまりに不思議な効き目をもたらすものなど、仙術か何かのようにさえ感じられた。だが、登志蔵はすべてあっさりと謎解きをしてみせる。

「頭痛を訴える病者のこめかみを切開して血を抜いた、か。瀉血ねえ……うまくいくかどうか、きわどい処置だな。しかし、黒暖簾はやってのけて、その結果、奇跡のように快復した者もいた」

「治る見込みのなかった者を快復させて、それで一気に評判がよくなったようだな。こめかみを切り裂くというのは恐ろしい話だが、蘭方医術の一つなのか？」

「西洋には昔からあった治法らしい。余計な血を抜いてやることで頭痛やめまいが治ったとか、突然倒れて中風になった者の手足のしびれがましになったとか、そういう話は確かにあるようなんだがな」

「登志蔵先生は、そういうやり方をしないのか？」

「頭の中身、脳ってのは、本当にわからねえんだよ。ただでさえ、人の体に刃物を入れるのは危うい技だ。そんな技を、ろくにわかりもしねえ頭に施すってのは、生きた患者の体で腑分けをするみたいで、どうもなあ……」

登志蔵は渋い顔をして、瀉血に関わるいくつかの項目を指でつついた。こめかみの切開だけでなく、腕の血を抜いた、脚の血を抜いた、蛭を使って血を抜いた、などの文もある。

失った前歯の代わりに他人の前歯を植える手術をした、という話も書かれている。登志蔵は「こんなもん、でたらめだ」とこき下ろした。一度歯が抜けた箇所に新しい歯を植え込んでやっても、きちんと歯茎に根づくことはないらしい。

「登志蔵先生、このショコラとマカというのは、蘭方の薬なのか？　処方されている者が多いようだが」

竹之進が指差しながら尋ねると、登志蔵はいたずらっぽく、にやりとした。

「年寄りが閨で冷や水を浴びるときに飲んでんだろ。ちなみに、日ノ本に昔からある薬に置き換えるなら、男に処方してやるのは、膃肭臍の腎やへそや雄の一物、山椒魚の肉を使うやつが有名だな」

「つ、つまり、精をつける薬ということか。なるほど、求める客は多そうだな。しかし、そういう薬は、あの、物の本に書かれているような効き目が、まことにあるのか？」

「おお、若さまもそんな話に興味を持つ年頃になったか。だがな、妙な薬に手を出すのはご法度だぞ。ま、そもそも齢十七の健やかな体には、その手の薬は必要ないさ」

「わ、わかっているとも」

竹之進は気まずくなって登志蔵を睨んだ。登志蔵はからかいの笑みを引っ込めた。

「何にしろ、この黒暖簾のやり方は危うい。ご禁制の品もあれば、人を殺しかねない技も使っている。黒暖簾は、真っ当な蘭方医の敵だ。その正体が鶴谷登志蔵だなんて、よくもまあ、ふざけた投げ文をしてくれたもんだぜ」

奉行所の投げ文には、登志蔵の手による蘭学の帳面が添えられていたという。帳面は、登志蔵が薗部家を飛び出したとき、そこにそのまま残したものだ。持ち去ったのが誰なのかはわからずとも、身内のしわざであることは間違いない。

登志蔵には、おおよそ敵の正体が読めているようだ。が、目的が今ひとつ読めないという。ここに来て百合の名が出てきたことも、やはり謎だ。

「こうしていても、わからねえもんはわからねえよなあ。よし、瑞之助と鴉奴に、それぞれ頼んでみるか」

「頼むというのは、一体何を？」

「向島若宮村の椿屋敷だろ？　小梅村の蛇杖院からは目と鼻の先じゃねえか。瑞之助に見てきてもらうんだよ。鴉奴には、当日に大沢の旦那を送り込むよう、渡りをつけさせる」

「他言無用と書いてあったらしいが、奉行所に告げて大丈夫なのか？」

「だったら俺にだけ知らせろってんだ。俺の居所がつかめねえから、人づてで話を広げてんだぜ。矛盾している」

「確かに。それに、期日まで八日もある。その間にこちらが手筈を整えるとは、考えなかったのだろうか。相手はさほど頭がよくないのかもしれないな」

竹之進の推量に、登志蔵は噴き出した。

「そうかもな。学問なり商いなり、頭を働かせることが得意なやつは、むしろ頭の悪いことをやらかしがちだ。まわりの皆は自分より愚かだと思い込んで、すべて自分の思いどおりに動かせる気がして、傲慢になっちまうんだよ」

「登志蔵先生は、そうではないだろう?」

「いや、どうかな。俺が万事にわたって誠実で謙虚だったら、足をすくわれることもなかった。身から出た錆だ。俺はもっと、ちゃんと向き合うべきだった」

目を伏せた登志蔵は、すぐに勢いよく膝を打って、顔を上げた。

「まあとにかく、鴉を介して大沢の旦那に動いてもらう。あの人なら、うまくやってくれるだろう。大沢の旦那ってな、何かと投げやりで乱暴そうに見えるんだが、執念深いほど仕事熱心な男なんだよ。目つきがおっかないんだぜ」

登志蔵は目尻を人差し指で吊り上げてみせた。竹之進はつい笑ってしまいながら、肝心のことを問うた。

「十五日、本当に行くのだな?」

「行く。決着をつける。そうしなけりゃならねえと、腹を括ったよ。若さまに話を聞いてもらえたおかげだ。ありがとう」

「役に立てたのなら嬉しい。やっと、少し恩返しができた」

「俺のほうが借りが多いと思うけどなあ。一年半も居候させてもらってさ」

「居候ではない。私のかかりつけ医であり、剣術や学問の師匠であり、兄でもあった」

登志蔵は頰を掻いた。

「血のつながらねえ弟や妹が多いこった」

「私のほかにもいるのか?」

「鴉もそうだからな。登志兄なんて呼ぶんだぜ」

竹之進は目をしばたたいた。

「そうだったのか?　芸者というから、もっとこう、色っぽい間柄だと思っていたのだが」

「本当に一丁前なことを言うようになったな。違うってんだよ。鴉は色恋より芸の道に打ち込むほうがずっと楽しいらしいし、俺もだな。昔からだ。そりゃあ、何も知らないとは言わねえが、浮名を流したなんて噂を立てられるのは大げさに過ぎる」

竹之進も、登志蔵の言に嘘がないことを知っている。登志蔵は女遊びをする暇などないくらい、蘭学と医術の修業に励んでいた。

薗部家の離れに寄宿していた頃も、竹之進の求めに応じて、しょっちゅう様子を見に来てくれた。直木家に住まうようになってからはなおさらだ。いつも竹之進のそばにいて、暇さえあれば難しそうな書物に没頭していた。

今でもそうなのだと思うと、何だかほっとする。

さあ、と登志蔵は立ち上がった。

「手紙を書くぞ。書き終えたら、腕の立つ男に持っていかせてくれ。直木家の者を危険にさらすのは、これっきりにしたいところだ。最後は俺が自分で決着をつける」

「うん。逃げ隠れするのは、やはり登志蔵先生らしくないな」

照れ笑いを浮かべた登志蔵は、思いついたように手を打った。

「そうだ。もう一つ、若さまに頼みがある。嫌なら、断ってくれてかまわない」

「何でも言ってほしい」

「四君子を茎に彫った、あの同田貫のことだ。乱れ刃のほうの一振のことで、ちょっと考えがあるんだが」

竹之進はにこりとした。

「奇遇だな。私も、あの刀の主について、近頃考えていたのだ。あの刀も、落ち着き先を決めてやってよい頃合いだと思う」

向島若宮村の椿屋敷を訪ねてみれば、何かわかるかもしれない。

そう考えていた瑞之助のもとに、登志蔵からの手紙が届いた。

夕闇が迫る中、真樹次郎と泰造に誘われて、湯屋に行こうとしていた矢先だった。真樹次郎も泰造も着替えや手ぬぐいを放り出し、瑞之助の手元をのぞき込んだ。

「昼過ぎに知らせに行ったことへの返事だろう？　それにしては、ずいぶん素早いな」

真樹次郎は怪訝そうに言った。

瑞之助は、今まで黙っていたことを白状した。

「登志蔵さんは直木家の屋敷に匿われているはずです。勘ですが、外れていない気がします。若さまは、登志蔵さんの失踪に驚くそぶりがまったくありませんでしたから」

「この間は、登志蔵とは会えなかった、どこにいるかの手掛かりもなかったと言ったじゃないか」

「会えなかったのは本当のことですよ」

「まあ、何にせよ、達者でいるようだな。手紙までおしゃべりなやつめ。びっしりと用件を書き並べて、気の細かいことだ」

泰造は眉間にしわを寄せて、手紙の文字を目で追っている。泰造の年は十二だが、郷里の村ではろくに手習いができなかったので、まだ読み書きが十分ではない。

「くそ、わからねえ字がいくつもある」

「私宛てに書かれた手紙だからね。闘う術を持っている者がなすべき用事が書いてある」

「危ない用事ってことか。それを瑞之助さんだけが任されるって?」

「蛇杖院の守りも大事な役目だよ。岩慶さんは手練れだけれど、一人では手に余るだろう。今は菊治さんが蛇杖院で療養していて、十分に動けるとは言えない。万一のときは、泰造さんが機転を利かせて、菊治さんを連れて逃げるんだ」

「任せとけよ。俺の足の速さと足腰の強さは、登志蔵さんのお墨付きだからな。菊治さんを大八車に乗せて、突っ走ってやる」

こんなときにも湯屋に行くのは、瑞之助と真樹次郎と泰造の三人だけだ。湯屋の二階には、男だけがくつろぐための部屋がある。そこに噂話が集まるので、登志蔵の手掛かりを探るためにも、湯屋に出掛けるのだ。

登志蔵が失踪してからというもの、かすかな伝手を頼って話を聞いて回ることが増えた。目明かしにでもなれるのではないかというくらい、聞き込みのやり方が身についたと思う。

腹を括って、何でもやってみるものだ。知らない相手と話すことにも迷いがなくなった。少しずつ変わっていく自分を、瑞之助は好ましく感じている。

瑞之助は翌朝、向島若宮村へと赴いた。傘は持っていない。朝のうちは雨が降らないはずだと、空を読むのが得意な桜丸と岩慶が請け合ったのだ。

向島は、蛇杖院から見れば北西の方角にある。田畑も寺社もあり、小梅村の景色にも似ているが、向島のほうがいくぶん風流だとも聞く。百花園（ひゃっかえん）といって、船来の草木が多く植えられた庭園もあるらしい。

おふうとおうたを送り迎えするときは、大川に架かる吾妻橋（あづまばし）を渡って浅草のほうへ行く。駒形長屋は、吾妻橋の西詰から少し南へ行ったあたりだ。

吾妻橋から北を望めば、右手に当たる東岸が向島一帯である。砂州に松や桜などの木々が植わっている。洒落た眺めの中を、川船が行き交うのだ。

瑞之助は切絵図を頼りに、ほとんど足を踏み入れたことのない向島を歩いた。

水たまりやぬかるみを避け、なるたけ日が当たって乾いたところを行く。

椿屋敷は、さほど労することなく見つけられた。生け垣の椿は葉の色が濃く、つやつやと日の光に輝いていた。

瑞之助は、あえて身を隠さずに椿屋敷に近づいた。生け垣が途切れているだけの簡素な門から、女の姿が見えた。

年の頃は、三十には届いていないだろう。瑞之助よりは年上に見える。ずいぶん痩せてはいるが、美しい人だ。

あの人が百合さんだろうか。

勝手に思い描いていた姿とは違った。百合は髪も丸髷で、人妻らしい装いをしている。登志蔵を誘い出すための餌に使われるくらいだから、独り身を貫いているのでは、などと思っていたのだ。

女が、ふと顔を上げた。瑞之助と目が合った。

そのまなざしをさえぎるように、男が立ちはだかった。気配を断って庭に控え、瑞之助を警戒していたようだ。

見知った男だった。

「陣平さん」

どこかで顔を合わせるかもしれない、と思っていた。陣平がいるということは、この屋敷で当たりだろう。

舌打ちせんばかりの表情で、陣平が門から出て来た。

「何の用だ？　おまえひとりか？」

「一人だよ。昨日、猫の死骸と共に手紙を投げ込まれた。その手紙の中で、約束の場所として向島若宮村の椿屋敷が示されていたから、様子を調べに来た。そちらのご婦人が、百合さん？」

陣平は瑞之助の胸ぐらをつかみ、顔を寄せた。

「さっさと失せろ。十五日という約束だ」

「十五日は、登志蔵さんがここへ来る日だ。私が勝手にどうしようと、手紙には書かれていなかった」

「屁理屈をこねるな。手紙に書いてあったことだけを守れ。それを破れば、あいつは何をしでかすかわからんぞ」

「あいつというのは？」

「俺の雇い主だ」

「その人が、蛇杖院への嫌がらせを指図しているのだろう？　陣平さんがこの椿屋敷にいるのも、その人の差配なのか」

「さっさと失せろと言ってるんだ」

「長居するつもりはないよ。百合さんが本当にここにいることを確かめたかった。縛り上げられているのなら、まずは解き放ってほしいと思った。でも、ひどい仕打ちを受けているわけではないようだから、ほっとした」

「余計な気を回すな。百合に危害が及ぶことはない。俺がここに詰めているのも、その証拠だ」

「腕の立つ用心棒をつけるくらい大切な人、ということ？」

百合が声を掛けてきた。

「陣平、お知り合いなの？　ひょっとしてお友達？　陣平ったら、誰も近づけやしないぞ、みたいな顔ばかりしているから、いつも独りぼっちなんじゃないかって心配していたのよ。二人とも立ち話なんかしていないで、一緒にお茶でもいかが？」

瑞之助を突き放した陣平は、今度こそ舌打ちをした。違う、と陣平が言いかけるところに、瑞之助は声を張り上げた。

「初めまして。陣平さんの昔馴染みで、長山瑞之助と申します。散歩のついでにちょっと寄らせてもらっただけですから、お気遣いなく」

「あら、あなたは学者？　それとも医者かしら。わたしの父や夫も、学者で医者なのよ」

月代を剃らない瑞之助の髪を見てのことだろう。百合の口ぶりには遠慮がないが、さばさばとして話しやすい。垢抜けた感じのする人だ。

「私は医者の見習いです。まだまだ修業中の身で、診療をおこなうことはできません。幸いなことに、身近なところに優れた医者が幾人もいますから、余さず学び取っていこうと思っています」

「そう、志を持った若者というわけ。いいわね。一所懸命に励みなさい。以前は父のもとにも、あなたのような若者が集(つど)っていたわ。脇目もふらず学問に打ち込む姿がまぶしくて、うらやましかった。ちょっと妬(や)いてしまったけれどね」

「嫉妬ですか？」

「おかしいでしょ？　わたし、学問というものを相手に嫉妬していたの。好いた人がいたんだけどね、わたしがどんなに着飾ってみせても、ろくに見向きもしてくれなかったんだから」

百合は、ごく若い娘のように声を立てて笑ってみせた。好いた人というのは登志蔵なのかと、瑞之助は問うてみたかった。

陣平が鋭い目で瑞之助を睨んでいる。瑞之助は別のことを百合に問うた。

「ずっとこの屋敷にお住まいなんですか？」

「いいえ。近頃ここに来たばかりよ。三年半ほど前に、江戸から父の郷里へ移ったの。それからはずっとそちらで暮らしていたんだけれど、わたし、ちょっとした病を患ってしまって、それで江戸に戻ってきているのよ。ほら、江戸には大勢の医者がいるでしょう？」

「ええ、確かに」

「江戸の医者なら、わたしの病も治せるかもしれないんですって。父の郷里も小さな町ではないけれど、医者の数はずっと少ない。田舎に行くと、村に一人いればいいほうよ。やっぱり江戸はすごいのよね」

江戸の外のことを知る初菜や岩慶も、似たような話をしていた。岩慶は旅をして、医者のいない村々を回り、病者の治療にあたってもいる。

百合は気さくに近寄ってきた。門を出ようとしたので、陣平が押し留める。わかっているわよ、と百合は陣平の肩を叩いた。

瑞之助は百合の顔色を見た。朗らかな笑い方に反して、血色がひどく薄い。

「病を患っているとおっしゃいましたね」

「ええ。あなたも医術の修業をしているのなら、わたしの病のこともきっと知っているはずね。乳の中に石ができる病よ。肌を裂いて中から石を取り出せば、治ると言われているの。今、腕のいい蘭方医を探してもらっているところ」

ああ、という慨嘆の声を、瑞之助は抑えられなかった。

百合を病から救おうとしているのが蘭学塾の連中だとしたら、因縁のある登志蔵をここへ呼び出そうというのは、すでに八方ふさがりなのだろう。

十五日に登志蔵が椿屋敷に来なければ、百合の命はない。その意味は、機を逃せば病が百合を死なせてしまう、という焦りだ。

陣平は瑞之助を小突いた。顔を寄せ、百合に聞こえない声音で告げる。

「そろそろ行け。厄介な相手と鉢合わせしたくねえだろう？　雇い主がいつ来るか、わからないんだ」

「承知した。百合さんと話をさせてくれてありがとう」

「十五日は鶴谷登志蔵ひとりで来させろよ」

「約束できない。登志蔵さんの医者としての腕が必要だとすれば、登志蔵さんを一人で送り込んでも駄目だ。手術には助手が必要だからね」

「勝手なことを」

「約束を違えたせいで闘いになるとしても、百合さんの身は、陣平さんが必ず守ってくれるんだろう？」

陣平は顎を引くようにしてうなずいた。

「それが、俺の守るべき約束だ。金をもらった以上、必ず務めは果たす。だが、登志蔵が姿を現わしたときに何が起こるか、俺にもわからんぞ。こちらの陣営は一枚岩じゃあねえんだ」

「なるほど」

「命が惜しいなら退け」

瑞之助は笑顔を作り、陣平にかぶりを振って、百合に会釈した。

「では、私はここで。立ち話にお付き合いくださり、ありがとうございました。それじゃ、陣平さん。また会おう。十五日に」

瑞之助はきびすを返した。背中に陣平のまなざしが突き刺さるのを感じながら、のんびりと散歩するふうを装って、椿屋敷から立ち去った。

四

業平橋の西詰に、登志蔵が立っていた。

五月十五日の夕七つである。

登志蔵は瑞之助の姿を認めると、ひょいと右手を挙げた。

「よう、瑞之助。来てくれてありがとな」

儒者髷を派手に崩した髪形も、白い歯をのぞかせる笑みも、くっきりとした目元の輝きも、さりげなくて隙のない体配(たいくば)りも、変わりないように見える。腰に差した大小の同田貫に、懐に帯びた短刀も、見慣れたとおりの姿だ。

あまりにもいつもと同じ様子なので、登志蔵が一月ほども蛇杖院を空けていたのが夢だったかのようだ。

瑞之助は、文句の一つも言ってやろうと思っていた。真樹次郎や桜丸からも、顔を見るや否や先手必勝で一発ぶちのめしておけ、と言われてきた。

しかし、実際に登志蔵の元気そうな顔を見たら、小言をぶつけたい気持ちなど全部吹き飛んだ。

「登志蔵さん、無事だったようで何よりです！」

瑞之助は登志蔵に駆け寄った。登志蔵は、まぶしいものを見るような目をして微笑むと、常日頃の軽妙な調子で言った。

「俺が無事じゃねえなんてことは、ま、あり得ねえな」

「見張られてもいませんでしたか？」

「そんな気配はなかった。人に見られる恐れがあるところで襲ってくることは考えにくいさ。俺の行き先ははっきりしてんだ」

「向島で待ち構えているかもしれないんですね？」

「ああ。俺の道具箱は？」

「ここに。玉石さんが検めて、いつでも使える備えだと、お墨付きをくれました」

登志蔵は瑞之助から道具箱を受け取り、革紐で腰に括った。登志蔵の道具箱は、漢方医や薬屋が背負って回る薬箱より、小さくて薄い。道具箱の中には、手術に使う小さな刃物や鉗子などが、きっちり固定されている。

「すぐさま使うことにはならねえと思うが、一応な。備えあれば憂いなしだ。いざってときの武器にもなる」

「武器として使うことがなければいいと思いますよ。同じ刃物や金物とはいえ、手術道具は刀と違って、人の命を救うためだけに振るわれるべきです」

登志蔵はうなずき、ふと頰を緩めた。

「二度も直木家の屋敷まで足を運ばせちまって、面倒を掛けたな。その詫びと言っちゃあなんだが、直木の若さまから預かってきたぜ。瑞之助、こいつをおまえの刀にするといい」

登志蔵が布包みを払って差し出したのは、梅と菊の拵の刀である。

「これは、菊治さんが打った刀ですよね？」

「ああ。四君子の一対の片割れだ。瑞之助が見惚れていた、乱れ刃の同田貫だよ」

瑞之助は刀を受け取った。ずしりとした、心地よい重みだ。柄を手にした途端、掌に吸いつくように感じられた。

眼前で鯉口を切り、ほんの少し、刃をのぞかせてみる。金細工で梅と菊を模した鎺（はばき）に、息を呑む。繊細で華やかな刃文に、目を奪われる。

「こんな素晴らしい刀を、本当に私がいただいていいんですか？」

「二度と手放せねえって顔しながら訊くなよ。若さまが瑞之助と話したがっていた。この件に片がついたら、ゆっくり遊びに来いってさ」

瑞之助は、腰に差していた借り物の刀を鞘ごと抜き、代わりに同田貫を差した。借り物のほうは布で包んで、斜めに背負う。

「こちらの刀も、いざというときの備えになりますね」

「そんなときが来なけりゃいいが」

「やはり、闘いたくありませんか」

「いや、そうじゃねえ。闘うことにはなるだろう。俺は恨まれてるからな。ただ、闘うにしても、刀が使えなくなった後の備えまで繰り出すほど、追い詰められたくはない」

「今日は落ち着いていますね」

「おう。もう逃げ隠れはしねえ。それで、鴉にもいろいろ探らせてたんだが、鴉が言うには、仙周さんが深川のならず者を幾人か動かしているらしい」

「仙周とは？」

「右の眉がなくて、まぶたにやけどの痕がある男だよ。顔を合わせたんだろう？」

「はい。ですが、前も伝えたとおり、菊治さんを撃ったのは別の人だったそうです」

「蘭学の手の者が、少なくとも二人いる。もう一人の正体も、おおよそわかってる。調べるまでもなく、だ」

　話しながら行こう、と登志蔵は促した。

　瑞之助は登志蔵と並んで歩き出した。いつもの登志蔵の足取りだ。早足どころではない、地が縮んで感じられるほどの健脚ぶりである。

　影が地に長く伸びている。昼頃まで雨が降っていたが、いつの間にか晴れた。ぎらぎらとした西日のきつさに目を細める。

　登志蔵は飄々(ひょうひょう)として瑞之助に尋ねた。

「俺が親父に勘当されたわけ、聞いたろ？　師匠のお嬢さんに手ぇ出して弄んだ挙句にこっぴどく振って、それがもとでひと騒動起こって、その結果、親友の一人が腹を切っちまった。あまりに面目の立たない不始末だ。親父も勘当するしかねえよな。瑞之助だって、登志蔵はひでえやつだと思ったんじゃねえか？」

「私は、何かのすれ違いがあったのかなと思いました。真樹次郎さんは、あいつはそんなに器用なやつではないだろう、と言ってましたよ。周囲を出し抜いて師匠のお嬢さんを好きにできるほど、登志蔵さんが色恋の駆け引きに長けているはずもない、というようなことを」

登志蔵は喉を鳴らすようにして笑った。

「鋭いな、お真樹は」

「本当は何があったんです？」

「さあな。俺もすべてをわかっているわけじゃねえ。渦中にいると、そんなもんだろ？」

「それでも、登志蔵さんが恨まれてしまったことは事実なんですね」

「皆、誰かを悪者に仕立てて恨みをぶつけなけりゃ、やってられなかったのさ。俺も自分を恨んだもんだ。目の前で親友を死なせちまって、何もできなくて。憎まれ役を引き受けるくらいでちょうどいいと思った」

瑞之助はためらいながらも、意を決して訊いてみた。

「菫吾さんを看取ったのは、登志蔵さんだったんですね？」

登志蔵は、落ち着いた横顔を瑞之助に見せたまま、静かに答えた。

「菫吾に呼び出されて駆けつけたら、あいつは俺の目の前で腹を切った。介錯を頼むと言われた俺は、それを聞かず、傷を縫って治療を試みた。が、駄目だった」

瑞之助は絶句した。

やけどを負って熱を出した登志蔵がうわごとでつぶやいていたのは、その後悔だったのだ。

登志蔵は、そっと笑った。苦笑したようにも見えた。泣き顔を隠したようにも見えた。

「外科手術は万能じゃあないんだぜ。身の潔白を示すために腹を切る。そいつは武士らしい、豪胆なけじめのつけ方だ。立派だと誉めてやるのが筋かもしれねえ。でもな、潔白の示し方はほかにもあるだろ。腹を切ったら、もうまったくのおしまいなんだ」

瑞之助はうなずいた。登志蔵は、にっと歯を出して笑ってみせ、瑞之助の頭を乱暴に撫でた。

それから登志蔵は前に向き直り、言った。

「菫吾の亡霊が俺を取り殺したいってんなら、甘んじて受ける。だが、こたび俺を陥れようとしやがったのは、俺を恨む生者だ。その恨みは真っ当なもんじゃねえ。俺は、逃げずに向き合うべきなんだ」

そこまで話したとき、行く手にある空き地から、わらわらと出てきた者たちがある。

ぞろりとした着流しに、はだけた襟元やまくった袖からは派手な彫物が剝き出しになっている。ならず者でござい、と言わんばかりのいでたちである。

ならず者どもは手に手に得物を構え、瑞之助と登志蔵に不穏なまなざしを向けている。

瑞之助と登志蔵は、ほとんど同時に足を止めた。

「嫌なお出迎えですね。椿屋敷は、そこの角を曲がってすぐのところなんですが」

「突破するぞ。八人はちと多いが、何とでもなるだろ」

空き地から最後の男が出てきた。学者らしい身なりの、棒のように瘦せた男だ。右の眉がなく、そこからまぶたにかけて、やけどの痕が広がっている。

仙周さんか、と登志蔵はつぶやいた。

憎しみにぎらつく目をして、浅水仙周はわめいた。

「鶴谷登志蔵を殺せ！　許しておくことはできん。桂策の手に渡るより先に、登志蔵を殺してしまえ！　遊ぶ金なら好きなだけ払ってやる！」

仙周の命令に、ならず者どもは吠えるように応じた。

登志蔵は抜刀と同時に地を蹴った。ならず者どもとの間合いがたちまち詰まる。

さすがの速さだ。

ならず者どもは、登志蔵に先手を取られたその一瞬、確かに怯（ひる）んだ。そこに隙が生じた。

登志蔵の刀が一閃（いっせん）する。低い軌道の刺突（しとつ）。右の太ももを貫かれ、一人目がぎゃっと叫びを上げる。

身を翻し、踏み込んで一撃。登志蔵の刀は、二人目の右の太ももを切り裂いた。返す刀で三人目に斬りかかる。三人目は辛うじて長ドスで応じるも、技の冴えが違う。

ヒュッ、と登志蔵の口から鋭く気息が放たれる。

刀が打ち交わされる。火花が散る。

登志蔵の勢いをいなしきれず、三人目の手から長ドスが落ちる。間合いがぎりぎりまで詰まっている。登志蔵は相手の右ももに己の膝を叩き込んだ。

苦悶（くもん）の呻き。威嚇の怒号。

夕映えに染まる登志蔵の刃が四人目を刺突で沈める。こたびもまた右ももから鮮血が噴き出した。

菊治さんの傷の位置と同じだ、と瑞之助は気づいた。菊治さんを傷つけられたこと、登志蔵さんはやはりずいぶん怒っているのか。

視界の隅で登志蔵の動きを確かめながら、瑞之助の体も流れるように動いている。

突き出された匕首（あいくち）を受け流す。刀の柄で相手の顎を打ち上げ、気絶させる。倒れた仲間を踏み越えてきた者を迎え撃つ。鍔迫り合いに持ち込んで、押し返す。重心が浮いたところへ当て身を食らわせ、吹っ飛ばす。

登志蔵は後ろざまに回し蹴りを繰り出した。

右脚を引きずりながらも長ドスを振り上げた男が、蹴りをまともに食らって倒れた。

ならず者は八人も揃えてあった。ぎらつくような殺気も凄まじかった。喧嘩慣れしている者たちだったはずだ。

しかし、蓋を開けてみれば、あっという間だった。すでに勝敗は決している。ならず者どもはもはや立てない。傷の痛みに呻いているか、気を失っているかのどちらかだ。

「相手が悪かったな。無駄死にしたくなけりゃあ、止血しておとなしくしていろ！」

登志蔵の気迫に、辛うじて立とうとしていた者の顔からも、すっかり血の気が失せた。

ただ、仙周が登志蔵に向ける憎悪のまなざしだけは、この期に及んでも揺るがずにいる。

刀を手にした武士ふたりを相手に、並の男より弱々しい仙周が何かをなせるわけでもあるまい。それでも仙周は後に引かなかった。

「裏切り者の人でなしめ！　さあ、私を殺せばいい。董吾を見殺しにしたときと同じように、おまえは非道な所業でも何でもやってのけるのだろう？」

登志蔵は、凪いだ表情で納刀した。

「少し話をしたい」

「今さら何の話があるというのだ」

「仙周さんがそんなに俺を憎むのは、なぜだ？　お嬢さんが俺に惚れていたからか？　俺が塾でいちばん分離術の技に優れていたからか？　菫吾が腹を切ったときに判断を誤ったからか？　塾が立ち行かなくなって皆が行き場を失う、そのきっかけを作ったからか？」

仙周は額に青筋を立て、噛みつくように応じた。

「すべてだ！　ああ、ここまで来たなら、何もかも打ち明けようか。あのことが起こるより前から、本当は腹の底でおまえを憎んでいた。お嬢さんがおまえばかり見ていたし、先生もおまえを気に掛けていたからだ。おまえが来る前は、私が塾を継ぐとみなされていたのに！」

「そんなもん、ただの嫉妬だ。憎まれたところで、俺はどうしようもなかった」

「そうとも、わかっていた。だから私も皆も、おもしろくない気持ちを腹の底に隠して、おまえら熊本三羽烏とも楽しくやってみせていたではないか。地獄の釜の蓋を開けたのは、登志蔵、おまえ自身だったのだぞ！」

怒りに引きつる仙周の顔は、異様な笑いを浮かべているようにも見えた。

登志蔵はあくまで静かだった。

「地獄の窯の蓋ってのは、あの出来事か。四年前の秋、俺がお嬢さんから手紙をもらったことと、それに対して俺がなしたこと」

「ああ、その出来事だ。おまえが裏で糸を引いたせいで、すべてが壊れていった」

「糸を引いたつもりはなかったんだがな。お嬢さんからの手紙には、こう書かれていた。九月二十日の暮れ六つ過ぎに、鉄砲洲稲荷の奥の杜に立つ桜の木の下で待っている、と。逢瀬の誘いだったわけだ」

「逢瀬などと、うぬぼれた言い方をするな」

「じゃあ、何と言えばいい？　夜の闇が下りてくる刻限、花の季節でもない桜の木の下でお嬢さんが何を俺に望んでいたのか。もしも恋仲だったら、そんな場所で何をしただろうな」

「おまえというやつは……よくもそうぬけぬけと！」

「俺は行かなかった。行けるわけがなかった。お嬢さんの想いに応えるつもりはなかったんだ。だから、代わりに菫吾と桂策に頼んで、お嬢さんを迎えに行かせた。お嬢さんが帰りの夜道で危うい目に遭わねえように」

仙周の顔つきが変わった。怪訝そうに、片方しかない眉をひそめたのだ。

「董吾と桂策だと？　二人を行かせたというのか？」

「二人ともだ。俺は董吾に信を置いていたが、それでも、あいつひとりで行かせるのは危うい気がした。董吾も俺がお嬢さんから呼び出されたことを知っていたからな。董吾がどんな気持ちでいるのか、俺だって察してたさ」

「本当に桂策にも一緒に行かせたのか？」

「一緒に行くように頼んだし、桂策にはお嬢さんへの返事の手紙も託した。いくら俺でも、黙ったままで約束をすっぽかすつもりはなかった」

仙周はふらりとよろめき、頭を抱えた。

「登志蔵、おまえが董吾をけしかけたのではないのか？　桜の木の下でお嬢さんが董吾を待っているぞ、と。董吾の想いを受け入れてくれたらしいという嘘で踊らせて、董吾を謀ったのではないのか？」

「そんな嘘なんかつくもんか。董吾がお嬢さんと話せば、たちまち嘘だとわかっちまう。何のための嘘だよ？」

「……おまえが、目障りな相手をまとめて遠ざけるために卑劣な嘘を弄した。お嬢さんと菫吾の恋心を弄び、二人を傷つけた。私はあの頃、そんなふうに聞かされたのだ」

登志蔵は笑った。泣き笑いのような顔だった。

「馬鹿言うなよ。めちゃくちゃじゃねえか。俺は、お嬢さんの振る舞いに面食らうことはあっても、目障りだとは思っちゃいなかった。ましてや菫吾を遠ざけたいなんて、そんなはずないだろう？　仙周さんの目には、俺がそんなにひでえ野郎に見えていたのか？」

仙周は黙った。呆然とした顔だ。

言われて初めて気がついたわけではあるまい。あえて考えないようにしていたのだろう。やり場のない憎しみは登志蔵に向けてしまえばよいと、そうすることを選んでいたのだ。

登志蔵は、己を励ますように声に力を込めた。

「あのときは、俺がすべてを背負って皆の前から姿を消せば、それで決着がつくと思っていた。菫吾の最期の願いを聞き入れてやらなかった不実だけ、どうにかして少しでもあがないたかった。でも、そんなやり方であがなえるはずもなかったんだろうな」

登志蔵はぐるりと周囲を見渡した。

空き地に、その者たちが集まっていた。

あれだけ派手に音を立て、声を張り上げてやり合っていれば、椿屋敷にも気配が伝わったことだろう。ここに登志蔵がいるとわかって、その者たちはやって来たのだ。

狐面をかぶった鴉奴が、狐面の幇間を従えている。

百合が大きく目を見開いている。その傍らに陣平が控えている。

洒落た身なりをした、鷲鼻の男がいた。懐手をして、うっすら笑って登志蔵を見つめている。

登志蔵は、鷲鼻の男を見つめ返した。

「さんざん騒ぎを大きくしてくれたもんだ。こたびもまた、おまえがすべて後ろで糸を引いていたということなんだろう？　そろそろ決着をつけようか、桂策」

五

桂策はまなざしを瑞之助に転じ、鴉奴に転じて、再び登志蔵へと戻した。

「取り巻きをぞろぞろと連れてきたのだな。一人で来いと書いたはずだが」

登志蔵は冷静に応じた。

「瑞之助には手術道具を持ってこさせたんだ。お嬢さんが病を患っていると聞いたんでな。この瑞之助なら、診療や手術の手助けにも慣れている。取り巻きなんかじゃあねえ。必要だから連れてきた。鴉のほうは……おまえ、やっぱり来ちまったか」

鴉奴は腕組みをした。

「隠れていようと思ったんだけど、その用心棒に見つかっちまった。あたしがここへ来たのは、登志兄のためだけじゃあないよ。黒い暖簾の薬師をはじめ、蘭方医術や蘭学に関わりのある連中が深川で好き勝手にしてるみたいだから、あたしは腹が立ってるんだ」

黒い着物を粋に着崩した鴉奴は、誰より通る声を張り上げて、堂々と言い放った。

瑞之助と陣平の目が合った。陣平は顎をしゃくって、鷲鼻の男を示した。

「俺の雇い主の無月斎、こと、赤星桂策どのだ」

瑞之助は得心した。桂策の風貌から、菊治を撃ったのはこの男なのだろう、と直感していた。結局、すべての謎も疑惑も罪も桂策のもとにつながるようだ。

呆然としていた仙周が、はっと我に返った様子で、桂策に詰め寄った。

「今、登志蔵と話をしていた。おまえから聞いていた話とは、大事なところが食い違っていた。四年前の秋、あの夜、菫吾はなぜ一人で鉄砲洲稲荷へ行った？　桂策、おまえも一緒に行くようにと、登志蔵は頼んだそうだぞ」

青ざめた顔の百合が、強張った唇で言った。

「どういうこと？　あの夜、菫吾は一人で来たわ。わたしは、かっとなって菫吾の頬をぶった。登志蔵が来るのを知っていて先回りしたんでしょう、卑怯な男ね、と罵った。菫吾は申し開きをしなかった。ただ一言、夜道は危ないからご一緒します、とだけ口にした」

登志蔵が声を上げた。

「俺がそうするよう頼んだからだ。菫吾と桂策、二人に、お嬢さんを迎えに行くよう頼んだ」

「いいえ、桂策はいなかった。菫吾だけが明かりを持ってわたしの前に現われて、いつもの優しい声で、危ないからご一緒しますと言ってくれたの。確かにあのとき、暗くて寒くて怖かったわ。本当なら、菫吾にありがとうって答えるべきだった」

「でも、お嬢さんは一人で帰っちまった」

「わたしはさっさと帰路に就いた。菫吾がすぐに追いかけてきて、せめて提灯だけでもと、わたしの手に持たせたの。温かい手だった。わたしの手が冷えていたのね。おいたわしい、と菫吾がつぶやいた。それがわたしの癇に障った」

登志蔵は自嘲の暗い笑みを浮かべた。

「俺に待ちぼうけを食わされて、振られちまった。それを菫吾に哀れまれたように感じたんだろう？」

「ええ」

「菫吾は本当に哀れんでいたかもしれない。そうじゃなかったかもしれない。どっちにしたって、もうわからねえ。菫吾はこの世にいねえんだ」

百合は胸の前で両手を握り合わせていた。右手の爪は左手に、左手の爪は右手に、突き立てられている。

「まさかあんなことになるなんて思いもしなかった。わたしは家に帰って、むしゃくしゃして、皆に触れ回ったわ。薄情な登志蔵なんかもう大嫌いだってことも、菫吾が邪魔をした上にわたしの手を握ったってことも」

仙周が目を見開き、わなわなと震えながら訴えた。

「私がその話を耳にしたときには、もっと尾ひれがついていた。登志蔵はお嬢さんの心も体も弄んで捨てた、と。菫吾は人目のない鉄砲洲稲荷でお嬢さんを襲おうとした、と」

百合は大声を上げた。

「そんなことなかった！　違うの、そんなに大げさな話ではなかったの。ただわたしが勝手に登志蔵を呼び出そうとして振られて、心配してくれた菫吾をはねつけた。それだけだったのに、わたしは、ひどい噂が広がるのを止めなかった。登志蔵も菫吾も痛い目に遭えばいいと思った！」

登志蔵は百合から顔を背けた。燃えるような目は、桂策に向けられた。

「それで桂策、おまえはあの夜、どこで何をしていた？　三羽烏の二人を貶める噂が広がったとき、どこで何をしていた？　俺が噂から逃れるために身を隠していたとき、菫吾が一人で追い詰められていたとき、おまえはどこで何をしていた？」

桂策の頬から、薄ら笑いは消えなかった。

「さあ。どうだったかな」

登志蔵は気息を整えると、おもむろに腰を落とし、鯉口を切って、刀の柄に手を掛けた。その目はまばたきもせず、ただじっと桂策を見据えている。

「しらばっくれるなよ。おまえが全部ぶち壊しにしたんだろうが。おまえは、お嬢さんと男女の仲になりたくねえんなら誘いに応じるなと、俺に言った。代わりに自分と菫吾でお嬢さんを迎えに行くとも言った。俺が書いた返事をお嬢さんに届けるとも言った」

　百合は嗚咽交じりの声を上げた。

「返事なんかもらっていないわ」

「俺は書いたんだよ、お嬢さん。届けなかったやつがいただけさ。なあ、桂策」

　桂策は懐手をしたままだった。登志蔵はいつでも刀を抜ける構えだ。その気迫に、桂策は中てられないのだろうか。親友だった登志蔵が桂策を斬ることはないと、高を括っているのだろうか。

　いや、と瑞之助は気がついた。刀より先に攻撃する手立てを持っているからだ。桂策は、菊治を撃った短筒を身に帯びているに違いない。

　桂策は悠然と言った。

「そうとも。吾輩は登志蔵の返事をお嬢さんに届けなかった。菫吾を一人で鉄砲洲稲荷に行かせた。どちらも、吾輩たち三羽烏のためになると思えばこそだった。お嬢さんを、登志蔵や菫吾から引き離したかったのだよ」

百合は一歩、桂策に迫った。

「あなたの思惑だったの？」

「いかにも」

「噂に尾ひれをつけたのもあなた？」

「放っておいても、あのくらいの尾ひれはすぐについたと思いますがね」

「わたしから登志蔵や菫吾を引き離して、あなたはどうするつもりだったの？　わたし、あなたには登志蔵のことで相談したことがあったでしょう。幾度もあったわよね。信頼していたのよ。三羽烏のこと、三人とも別々の意味で好きだったの」

「ええ、存じておりましたよ。吾輩には、それがうっとうしくてね」

百合は肩をびくりと震わせた。

「何てことを言うの……」

「紛れもない本心ですよ。とはいえ、今のあなたにはもう、うっとうしいと思うほどの値打ちもありませんがね。先生ともども落ちぶれましたな。あのお嬢さんが芋くさい男を婿に迎え、近所の子供らに手習いなど教えながら、水戸くんだりで慎ましく暮らしているとは」

「わたし……わたしだって、悔いているのよ。菫吾に償わねばならない。菫吾は、わたしのせいで広まった噂が真っ赤な嘘であると示すために、命をなげうってしまった。わたしが傲慢だったせいで……わたしが、菫吾を死なせたのよ。わたしが……」

「ならば、せめて出家でもなされればよろしかろうに。武士ならば詰め腹を切るところですが、武家でもないおなごの考えることはわかりかねますな。いや、お嬢さんに罪があるなど、吾輩は思いませんよ。さもなくば、病を治してやるための施しなどいたしません」

「施し……？」

「哀れな者には、与えてやらねばなりますまい。どうです、かつて自分より立場の低かった者に哀れまれる気持ちは？　みじめでしょう？」

　桂策は冷ややかに笑っている。

　百合はよろめいて膝をついた。己の首筋に爪を立てる。その手を陣平が引き剝がした。百合はうなだれた。

ずっと黙っていた鴉奴が、辛抱できなくなったように声を上げた。

「話が長いよ。鷲鼻、さっさと本心を言いな。あんたがこの春頃から深川で好き勝手してたことはおおよそ裏が取れてんだけど、何がしたいのかがよくわかんないんだよね」

「金儲けと人助け、と答えても、十分ではないのかな？」

「黒い暖簾を掲げて、望みが叶う薬なんて触れ込みで、おかしな薬を高値で売り捌く。さぞ儲けがあったことだろうね。墓を暴いて死体を掘り起こしたのも、あんたの手の者でしょ？　薬の材料にでもしたの？」

「芸者が唄や三味線の稽古をするように、外科医も手術の稽古が必要でね。そのためには、実際に人の体を切ってみるのがよいのだ」

「だから死体を漁(あさ)ってたってわけ？　じゃあ、浜町屋敷の鍛冶場を燃やそうとしたのは何なのさ」

「ああ、あれか。硝石の類を使った、新たな火薬を試したのだよ。しかし、どういった条件でよく燃えるのか、今ひとつつかめずにいるのだ。ゆえに試した。鍛冶場の炉は、あれを試すのにおあつらえ向きだ。あの頑固な刀工への仕置きも必要だったしな」

「火付けは大罪だよ。つかまったら、市中引き回しの上、焼き殺されるんだから」

「吾輩はあれを作っただけだ。連れていった小者が仕掛けをし、刀工が炉に火を入れた。それでも吾輩のなしたことは火付けの罪に当たるのかね？」

「さあね。奉行所に行って、じかに訊いたらいいんじゃない？」

「心に留めておこう。そろそろ十分かね？」

鴉奴は大きく息を吸い、威勢よく言い放った。

「あんたがおかしくなったのは、つまるところ、嫉妬のせいなんでしょ。昔は三羽鳥の二人をお嬢さんの手から奪いたくて、引っかき回した。こたびは登志兄を陥れるため、あの手この手を使った。罪に手を染めちまうほど、あんたは、董吾のことが大切だったわけだ」

桂策の顔色が初めて変わった。

「黙れ、小娘！」

張り上げた声はひび割れていた。

登志蔵は呆然と目を見開いた。全身にみなぎっていた怒気が霧散する。

「そうか……そういうことか」

「黙れ」

「おまえもお嬢さんや塾の跡目を狙ってんだと、俺は思っていた。だから俺に嫉妬してんだと。思い違いだったのか。おまえが俺を憎むのは、菫吾が最期に選んだのが俺だったからなんだな」

桂策は、唾を飛ばして怒鳴った。

「武士にとって生涯で最も大切な頼みを、おまえは無下にした！　腹を切った菫吾を、なぜ立派に死なせてやらなかった？　おまえの身勝手な振る舞いが菫吾を苦しめ、菫吾の武士としての誇りを貶めた。なぜ菫吾は、おまえなどを選んだのか！」

「知らねえよ。俺のほうがうまく首を落とせると思ったのかもしれない。恋の鞘当ての始末におまえを巻き込みたくなかったのかもしれない。俺への罰のつもりだったのかもしれない。おまえより俺のほうが好きだったのかもしれない」

「黙れ、黙れ！」

「おまえ、さっき、三羽烏をお嬢さんから引き離したかったと言ったが、俺と菫吾が仲違いしてもいいと思って種を蒔いてたんだろ？　三羽烏じゃなくなったっていい。菫吾さえいればよくて、俺のことなんか切り捨てたかった」

「いい加減にしろ！」

「やなこった。洗いざらい明るみに出してやる。菫吾を追い詰めればきっと自分を頼ってくれると、おまえは高を括ってたんだろう。だが、残念だったな。腹ん中の思いはどうあれ、菫吾はおまえを選ばなかった。俺を選んだんだ」

「この……！」

「他人の心なんか、思いどおりに操れるはずもねえだろ。何もかもおまえが望むとおりに、ことが運ぶわけがねえ。あのときも、こたびも、おまえの身勝手な欲に踊らされて……ああ、いさぎゅう腹ん立つ。もう許せん。ぬしゃ地獄さん落ちれ！」

桂策は懐から手を出した。その手に短筒が握られている。狙いは登志蔵だ。

そう来ることはわかっていた。

瑞之助は地を蹴って跳び、登志蔵に抱きついた。もんどりうって倒れ込む瑞之助と登志蔵の上を、弾が飛んでいった。

「くそッ！」

桂策は短筒を振りかざすと、左手で百合の腕をつかんだ。百合が息を呑む。

陣平が、抜刀と同時に斬撃（ざんげき）を放った。走り抜けた剣閃（けんせん）は、桂策の左腕を切り裂いた。桂策はたまらず、百合を手放す。

傷を押さえながら、桂策は陣平を睨みつけた。

「おまえ、誰に雇われていると思っておるのだ！」

陣平は血振りをし、刀を鞘に納めた。

「雇い主はあんただが、俺の役割はお嬢さんの用心棒だ。ほかならぬあんたが、俺にそう命じた。俺はそれに従ったまでだ」

百合はめまいを起こした様子で、後ろざまに倒れそうになった。鴉奴がぱっと飛び出し、百合を抱き止める。

鴉奴の後ろに控えていた幇間が盛大にため息をつき、狐面を投げ捨てた。隠されていた素顔は、幇間ではなかった。

北町奉行所の定町廻り同心、大沢振十郎である。大沢の三白眼が鋭く光った。

「そろそろ十分だ。話はわかった。偽の投げ文で俺を踊らせたのも、赤星桂策、おまえだな」

大沢は、隠し持っていた十手を取り出した。

桂策はちらりと背後に目を走らせた。陣平が退路をふさぐ位置に歩を進める。瑞之助と登志蔵は立ち上がり、左右に分かれて桂策との間合いを詰めた。

大沢は呼子笛を吹いた。

捕り方たちが大声を上げながら、わらわらと駆け寄ってきた。

六

逃亡を試みた桂策も、腰を抜かしたらしい仙周も、またたく間に捕り方たちの手に落ちた。

桂策は地に押さえつけられつつも、どうにか首をひねって登志蔵を見据え、声を上げた。

「菫吾が生きていれば、吾輩と同じことをしたはずだ。お嬢さんの病を治せるのなら、菫吾は何だってしただろう。己の身がどうなろうとも、たとえ罪を重ねようとも、お嬢さんを救うために！」

百合は、か細い悲鳴のような嗚咽を漏らした。わなわな震える手で口元を覆う。

登志蔵はちらりと百合を見やると、桂策に目を転じた。そして、低い声で問うた。

「それで、おまえは、この一連の騒動を菫吾の弔いのためになしたとでも言うつもりか？　おまえが菫吾の代わりになってお嬢さんのために働いたんだ、と？」

桂策は土に顔を汚しながらうなずいた。

「菫吾は物静かなようでいて、過激なまでに意志の強い男だった。こうと定めたら、決して譲らんのだ。ここに菫吾がいたならば、吾輩は菫吾の望みを叶えるために、いくらでも手を貸しただろう。そうやって二人でことを成し遂げるような気持ちで、吾輩は……」

登志蔵は、しまいまで言わせなかった。

「聞きとうなか！」

怒鳴った弾みで、かっと見開いた大きな目から、一筋の涙が落ちた。

登志、と桂策は旧友の名を呼んだ。顔を歪め、何かを訴えようと口を開く。しかし、登志蔵はかぶりを振って、桂策の言葉をはねつけた。

「さっきから言ってるだろうが。死んだ菫吾の腹ん中は、もう誰にもわからねぇんだよ。おまえがその口で勝手なことを語るな」

「なあ、登志……」

「おまえの話を聞くのは今は俺の役目じゃねえ」

登志蔵は桂策から顔を背けた。

大沢が捕り方たちに命じた。

「連れていけ」

捕り方たちは威勢よく返事をし、桂策と仙周を引っ立てていった。

大沢は十手を帯に挟み、扇子をぱちんぱちんと鳴らしながら、その様子を眺めていた。鬼も裸足で逃げ出しそうな、凄まじい気迫のこもった渋面である。

「手間を取らせやがって。わけのわからん薬や帳面に、事情の読めん私塾の怨恨……まったく、蘭学者の下っ引きでも抱えておくか。死体の検分にも慣れているようだしな」

つい今しがたまで、鴉奴のそばに控えている間は、この大沢がおとなしい幇間にしか見えなかった。とげとげしいまでの気迫を完全に封じていたのだ。

大沢のいでたちは、柔らか物の小袖を着流しにして、涼やかな色の羽織をまとい、白足袋に雪駄履きである。投げ捨てた狐面はきちんと拾って、赤い紐で帯に吊るしている。

ひとたび気迫を解き放てば、いかに幇間の身なりをしようとも、切れ者の同心であることを隠しようがない。

鴉奴は、すすり泣く百合を抱きかかえたまま、大沢を見上げた。

「これで登志兄の疑いは晴れたでしょ？　便宜を図ってやったんだから、あたしに感謝するんだね」

「便宜を図ったのはお互いさまだろうが。おまえひとりでここに来たとして、何ができた？　とっつかまって、ろくでもねえ目に遭わされたかもしれんのだぞ。どいつもこいつも俺の手間を増やしやがって」

大沢は陣平へと目を転じた。陣平は薄ら笑いで応じた。

「俺はこたび、深川を騒がせちゃいない。何せ、あいつらが動き回っている間、この向島で病人のお守りばかりしていたんでな」

「言われずとも、調べはついている」

「むろん、病人もおとなしいもんだった。それから、あんたが思うほど、蘭学者ってのはぶっ飛んだ連中ではないな。人の命や死者の弔いを屁とも思っていねえのは、赤星桂策ひとりだ。俺の前では無月斎と名乗っていたが、また別の名も余罪もあるかもな」

陣平は顎をしゃくって、桂策が連れ去られたほうを示した。

　大沢は吐き捨てるように言った。

「たがの外れた罪人だ。己の企てがうまくいくことに気をよくして、おかしくなっていやがった。今まで何をなしてきたのか、洗いざらい吐かせてやるさ。深川界隈だけでも人死にが出ている。俺の縄張りを荒らしやがって。許せねえ」

　宵闇が迫っている。捕り方たちが明かりを手に、椿屋敷へと入っていった。桂策に関わるものを探し、調べ上げるのだろう。

　百合はどうにか立って、大沢に問うた。

「わたしも牢に赴いたほうがいいのでしょうか？」

　大沢は百合を一瞥し、犬を追い払うように手を振った。

「奉行所には、病人の面倒なんぞ見てやる暇はねえ。おい、鶴谷登志蔵。その病人を蛇のねぐらに連れて帰れ」

　登志蔵は、くっきりと大きな目を怪訝そうに細めた。大沢は登志蔵にも、追い払うしぐさをしてみせた。

　そこで大沢は目明かしに呼ばれ、あっさり立ち去っていった。

　その背に問いかけるようなまなざしを、百合は向けていた。登志蔵と百合は、互いに目を合わせない。

陣平が大げさなため息をつき、登志蔵に告げた。

「事情に通じているのは俺だけか。桂策は、お嬢さんの病を治せる医者を探していた。仙周にも期待をかけていたようだが駄目で、江戸で幾人か当たったようだが駄目で、どうしようもなくなって、鶴谷登志蔵に手術をさせると決めたんだ」

登志蔵は小さく笑った。

「そうだろうな。肌を切開する手術ってのは、大雑把なやり方は広く知られていても、技をきちんと身につけている医者は多くねえ。ただ切って縫えばいいってもんじゃねえんだよ」

「お嬢さんの病は、乳に石ができるやつだそうだ。ほっとくと、死んじまうんだろう？　蛇杖院に連れていけ。俺がお嬢さんの用心棒を務めるのもここまでだ」

登志蔵はうなずき、鴉奴と百合を促した。

「行こうか」

次いで、登志蔵は瑞之助に目を転じた。

瑞之助はかぶりを振った。

「先に帰っていてください。私はちょっと、陣平さんと話したくなったので」

陣平がにやりと笑った。

「奇遇だな。俺も、瑞之助と話すことがある」

話す、と言いつつ、陣平は相州広光の柄に手を掛けた。鯉口を切ると、夕焼けの余光に金細工の鎺が輝く。

「久方ぶりに、立ち合いの稽古かな」

瑞之助も同田貫の鯉口を切って応じた。緩やかな足捌きで彼我の間合いを詰める。

おい、と登志蔵が驚きの声を上げた。ほとんど同時に、百合もまた陣平に制止の声を掛けた。鴉奴はおもしろがるように手を打った。

瑞之助と陣平は、立ち去ることも止めに入ることもできない登志蔵たちをよそに、もはや互いのことしか見えていない。

斬り合いたいわけではない。ただ、ふとひらめいたのだ。刀を介してならば、本音をぶつけ合えるのではないか、と。

すれ違ったまま壊れてしまった登志蔵と桂策の縁を目の当たりにして、瑞之助は陣平と話したくなった。訊けずにいたことを訊いてみたいと思った。

今こそ向き合わねばならない。今ならきっと向き合える。

合図などなかったが、瑞之助と陣平の抜刀の呼吸はぴたりと揃っていた。

「ついに新しい刀を手に入れたか、瑞之助」

「いい刀だよ。いずれ、じっくり目利きをしてもらいたい」

「いつになることやら」

「昔は毎日、顔を合わせていたのにね」

正眼に構え、次の瞬間、陣平が打ち込んでくる。瑞之助は棟で受ける。鍔迫り合いに持ち込み、押し合って離れる。

すかさず、次は瑞之助が攻める。胴への刺突。剣筋を読まれ、躱される。瑞之助もまた、読まれるだろうと読んでいた。返す刀で小手を狙う。陣平の刀に弾かれる。

斬る。受ける。突く。躱す。薙ぐ。払う。

真剣を用いた立ち合いは、ぎりぎりのところで均衡を保っている。

最後に一緒に稽古をしたのは、五年も六年も前だ。互いに腕が上がり、あの頃には使えなかった技も身につけた。

それでもなぜだか手の内が読める。その剣筋を懐かしく感じる。

再び鍔迫り合いになる。息がかかるほどの近さで見つめた陣平の目の中に、楽しい、という思いがあった。

汗が噴き出し、息が上がっている。

心ノ臓がせわしく高鳴っている。恐怖ではない。楽しくて高ぶったせいだ。刀を納めたくない。互いに構えを解かず、睨み合っている。

しばし黙っていた後、陣平はぼそりと言った。

「腕、落ちてねえようだな。診療所の下男に成り下がったくせに、相変わらず手強い。ぶちのめしてやるつもりだったんだが」

棘のある言い方に、かちんときた。

「蛇杖院の下働きの仕事をそんなに貶めないでほしいな。それに、今では私も医術を学んでいる」

「どうせこたびも、あっという間にできるようになっているんだろう？　何の苦労もなくするすると頭に入って、身について、先達よりうまくなるんだ」

「まさか。医者としては、まだ何ひとつ、ろくにできやしない。下男としても、てんでだめだ。力仕事はともかく、掃除の目が隅々まで届かないんだ。よく叱られているよ」

「掃除だと？　叱られている？　おまえが？」

「おかしいかな？　私が下働きをしながら医者見習いとして修業をしているこ

と、わかってもらえないことも多いんだ」

陣平は、怒っているような笑い出しそうな、何とも言えない顔をした。

「わかるもんかよ。あの秀才の長山瑞之助がいかがわしい診療所の下男に身を落としたと聞いたときは、耳を疑ったぞ」

「そんな言い方はやめてくれ」

「どの言い方が気に食わない？」

「全部だ。あの秀才だとか、いかがわしい診療所だとか、下男に身を落としただとか、なぜ陣平さんまでそういう言い方をする？　私があまりに期待外れの道に進んだからか？　陣平さんは私に何を期待していたんだ？」

語気が荒くなった。腹の中で幾度も繰り返してきた言葉だ。いつか吐き出したいと思っていた言葉だ。

この腹の熱は何だろう？　怒りだろうか。悔しさだろうか。

陣平は目を細めた。

「次男に生まれて、家督を継げずお役にも就けねえのは運が悪かったが、瑞之助なら、待ってりゃ養子の話も舞い込んで来ただろう。せっかくの才も家柄も台なしにして、一体、何をやってるんだよ？」

「何って、医者になるための修業だ。そんなふうに生きたいと選んだ。旗本の次男坊として日々を過ごしていても、よほどの運がなければ、屋敷で飼い殺しだろう？　耐えられなくなったんだ、自分が何者でもないということに！」

　勢いづいた瑞之助の言葉に、陣平もまた怒鳴り返した。

「ふざけんなよ！　身勝手なことしやがって。おまえは武士だ。旗本だ。なぜそんな道を選んだ？　恥ずかしくはないのか？」

「今さら旗本の暮らしには戻れない。私は、選んだ道を行きたいんだ。それをなぜ陣平さんに咎（とが）められなきゃいけない？」

「咎めてねえよ」

「じゃあ、何なんだ？　なぜそんなふうに嫌な言い方をして、今の私を否定したがる？」

　陣平は口惜しそうに唇を噛み、絞り出すように言った。

「昔、何でもできる瑞之助が俺を親友と呼んでいた。そのことが俺の誇りだった。瑞之助が誉められると、俺も自分のことのように嬉しかった」

「今の私は見る影もないと言いたいのかな」

「ああ。見る影もないな」

「そっくりそのまま言葉を返すよ。陣平さんこそ、ずいぶん変わった」

「だから何だ」

「変わり始めたのは、十六か十七の頃かな、私とは目も合わせなくなっただろう。あれはなぜだったんだ？　私が何か悪いことをしたかな？」

陣平は吐き捨てるように言った。

「別に何も。ただ、瑞之助が何でもできる秀才だった、というだけだ。子供の頃から変わらず、元服を迎えてもなお文武両道の秀才で、手先も器用で、品のいい美男子。なあ、おまえは、いつもそばにいる俺をどう思っていた？」

「親友だと思っていた」

「見下してたんじゃないのか？」

瑞之助は、幼い頃の泣きたい気持ちを思い出した。陣平が仲良くなってくれるまで、瑞之助は独りぼっちだった。

母は、おまえの出来がよすぎるから話が合わないのですよ、と妙に嬉しそうだった。皆がおまえをうらやんで妬んでいるのです、おまえは神童ですもの、仕方のないことよ。

「見下すも何もなかった。上とか下とか、そんなもの、まわりや親が勝手に決めつけていただけだ」

「そうかよ」

「決めつけられて窮屈だった。だから、私は屋敷を離れたんだ。自分の道を行きたいと望んだ」

「はぐれ者め」

「お互いさまだ」

瑞之助は刀を構え直した。新しい刀は、ずしりと重い。それでいて、腕の延長のようにしっくりと体に馴染んでいる。

陣平は黙って刀の切っ先を瑞之助に据えた。その目が、来い、と誘っている。

気息を整える。

このまま本気で打ち合い続けたら、いずれどちらかが死ぬかもしれない。それでもよい気がした。斬っても斬られても恨みっこなしだ。

言葉を交わすよりも、刀を交わすほうが正直になれる。

周囲の物音など聞こえない。聞くつもりも、もうなくなっていた。

そのはずだった。

転機は唐突だった。

「やめて、瑞之助さん！」

あどけない声が、夕闇をつんざいた。

瑞之助も陣平も目を見張り、声のしたほうを向いた。声の主は勢いよく駆けてくる。瑞之助はぽかんとした。

おうたである。

「危ないことしちゃ駄目！　瑞之助さんをいじめないで！」

おうたは瑞之助と陣平の間に割って入った。瑞之助を背に庇い、両腕を広げ、陣平を睨みつける。

さすがの陣平も、すっかり毒気を抜かれたらしかった。

「いじめてねえ」

ぼそりと言って刀を納める。

おうたは瑞之助を振り向いた。ぐっと顎を上げて、瑞之助を見つめる。凛(りん)としたまなざしが、何だか大人びていた。

瑞之助は慌てて納刀した。

「おうたちゃん、どうして？　どうやってここがわかったの？」

「おふう姉さんが、おっかさんにこっそり教えてた。登志蔵さんを助けるために、瑞之助さんは、十五日の夕方に向島若宮村に行くんだって。うた、それ聞いてたからね、だから来たんだよ」

「長屋から一人で来たの？」

「うん」

「危ないから関わってはいけないと言ったよね？」

「そんなの知らない！　瑞之助さんの嘘つき。危ないことはしないって約束したのに、やっぱり嘘だった。うたは、瑞之助さんのことが心配なの！」

おうたは、瑞之助の腰にぎゅっと抱きついた。幼子の力は思いがけず強く、柔らかくて温かい。

今さらになって、瑞之助は背筋に冷たいものを感じた。

陣平とは言葉を交わしても相容(あいい)れないと思った。けれども離れがたかった。だから斬り結ぶのがふさわしいという気がした。

おうたの目の前で、瑞之助は陣平を斬ったかもしれない。陣平に斬られたかもしれない。そんな場面を想像すると、ぞっとした。

陣平が笑い出した。晴れやかなほどの声を上げ、腹を抱えて体を折り、顔をくしゃくしゃにして、陣平は笑った。

「まいったな。命拾いしたぜ。なあ、瑞之助」

「退いてくれるのか？」

「おまえは、まだやるつもりか？」

「いや……そもそも、争いたかったわけではない。頭を冷やしたほうがよさそうだ」

陣平は、瑞之助にくっついたおうたを見やって、またちょっと笑った。懐かしい笑顔だった。額に傷痕があろうが、襟元から彫物がのぞいていようが、陣平の笑い方は変わっていない。

瑞之助は、おうたの頭を撫でた。

「心配させてごめんね。帰ろうか」

おうたはこっくりとうなずいた。それから、登志蔵に笑いかけ、くるりと振り向いて陣平に舌を出した。陣平はまた噴き出した。

星の明るい宵闇の下、成り行きを見守っていた登志蔵が、瑞之助に問うた。

「これからおうたを送っていくのか？」

「はい」

「俺は帰るぜ」

登志蔵は小梅村のほうを指差した。

道案内をするように、時季外れの蛍が一匹、登志蔵の示した先へふわりと飛んでいった。

七

百合の手術は十七日におこなわれた。

初菜が百合の体の具合を確かめ、玉石が眠りの秘薬を百合に飲ませた。一刻ほどかけて百合が深く眠ると、登志蔵が執刀して手術をおこない、手術を終えて一刻ほど後に百合が目を覚ました。支度から片づけまで含めれば、まったくの一日仕事だった。

手術そのものはうまくいった。少なくとも今のところは、百合の体の具合もまずまず悪くない。

博識の玉石は憂い顔だった。

「乳から石を除くことができても、病が完全に癒えたとは言いがたい。乳岩(にゅうがん)の手術を受けた女たちについて、漢蘭折衷の外科医たる華岡清洲が公にしている。

それを見れば、数年のうちに再び乳に石を得てしまった者がいる。乳の石が肺まで及んでいたのを除けず、短命に終わった者もいる」

瑞之助がよほど不安げな顔をしていたのだろうか。玉石は幼子をなだめるような笑みを浮かべてみせた。

「しかし、はっきり言えることが一つある。百合の病は、何の手立ても施さなければ確実に悪くなる。百合は早晩に弱って命を落とすところだったが、登志蔵という腕の立つ医者による手術を受け、しかも痛みもなく、病の石を取り除けたのだ。百合の寿命は確かに延びたはずだよ」

登志蔵はその日、言葉少なだった。髪も鼻から下も布で覆い、くっきりとした目元を鋭く光らせていた。手術に関わるすべての流れにおいて、始めから終わりまで百合に付きっきりだった。食事はおろか水さえろくに飲まなかった。

瑞之助はなるたけ登志蔵のそばにいた。手術部屋にも入ることを許され、初菜と共に登志蔵の手助けをした。

夕刻を迎え、北棟に設けられた百合の部屋には明かりがともされている。今宵は初菜と巴が交代で、寝ずの番をすることになっている。

百合は、秘薬の効き目がまだうっすらと続いているらしい。うつらうつらしたり、ふと目を覚まして喉の渇きを訴えたりしているそうだ。傷の痛みにはまだ襲われていないようだと、先ほど初菜が登志蔵に知らせていた。

暮れ六つの鐘が鳴るのが聞こえた。薄闇の刻限になると、草むらの虫や田んぼの蛙が鳴き始める。

華佗着姿の登志蔵は、髪や顔を覆う布さえ取らないまま、中庭にたたずんでいた。見るともなしに見ているのは、あの華やかな庚申薔薇だ。

盛りを過ぎたとはいえ、紅色の花はまだ咲き続けている。甘く爽やかな香りが、あるかなきかの風に乗って、瑞之助のもとに届いた。

「登志蔵さん」

瑞之助の声に、登志蔵は振り向いた。

「どうした、瑞之助？」

「訊きたいのは私のほうですよ。大丈夫ですか？　朝からずっと、ぴりぴりと気を張り詰めていますよね。そろそろ緩めてもいいんじゃありませんか？」

登志蔵は大きな息をつくと、己の右手を見つめた。

「人の肉ってものは柔らかいな。刃を当てて、ほんの少し力を加えるだけで、たやすく切れちまう。この手は人の命を救えると同時に、人を死なせることもできる」

「そういうふうに考えながら、手術に臨んだんですか？」

「いや、手術を始めると宣言した途端、あれこれ考えてたことが吹っ飛んだ。瑞之助も初菜も玉石さんも、もちろん動いていただろう？　それなのに、すべて止まって見えた。傷口から血がにじんでくるのさえ、日が暮れるんじゃねえかってくらい、ゆっくりに見えた」

登志蔵が尋常でなくなったことは、瑞之助にも感じられた。のみならず、瑞之助までその凄まじい「場」に引き込まれたようにさえ感じられた。

その「場」は静寂に満たされていた。目に映るものすべてがきわめて鮮明だった。

登志蔵は、百合の腋(わき)の下のほうから乳に刃をあてがい、切った。切り口には、白い脂と赤い肉と赤黒い石がのぞいた。血がにじみ出るより先に、登志蔵は脂や肉ごと石を切り、鉗子で取り出した。

命じられるまでもなく、瑞之助は傷口からあふれる血を拭った。

登志蔵は、百合の腋の下の腺をも取り去った。腺はひどい腫れ方をしていた。それに気づいたのは初菜だった。朝から丁寧な診療をおこない、腋の下の腺にも病が及んでいることを突き止めたのだ。

再び瑞之助は血を拭った。

登志蔵はすかさず針を手にし、傷口を縫った。一針一針、緻密な手つきだった。まばたきを許さないほどの早業でもあった。

昔、剣術の師匠から、達人の間合いの内はあたかも明鏡止水のごとし、と聞いたことがある。剝き出しの殺気などはない。そこは澄んで静かな「場」なのだという。

あの頃の瑞之助には何のことだかわからなかったし、今でも達人の境地など知りようはずもない。

だが今日、のぞき見ることだけはできた。

百合の手術をおこなっていたわずかの間、登志蔵はその境地にあった。傍らにいるだけで、瑞之助はそれを感じ取ることができた。

今、登志蔵はまだあの「場」からきちんと戻ってこられずにいるのだ。登志蔵の大きな目は爛々としているが、その一方、どこを見ているのかあいまいだ。

と、真樹次郎が中庭に出てきた。

「何だ、ここにいたのか。ぼさっと突っ立ってると、蚊に刺されるぞ」

登志蔵がまだ異様な気を放っていることは、真樹次郎だって察しているだろう。

だが、真樹次郎は何の気負いもない様子で登志蔵に近寄ると、髪を覆う布をむしり取った。次いで、口元の布も外してやる。登志蔵はされるがままだ。

真樹次郎はいきなり、登志蔵の額をぺちんと叩いた。

「まったく、隙だらけだな。目を覚ませ」

瑞之助は驚いた。登志蔵がこうもたやすく面を打たせるなど、普段ならばあり得ない。

登志蔵もまたぽかんとして、額に手を当てた。

「お真樹……」

まばたきを繰り返すうちに、登志蔵の目がだんだんと焦点を結ぶようになる。

真樹次郎は、登志蔵の顔つきが変わるのを確かめていた。ふんと鼻を鳴らすようにして笑う。

「まったく、おかしな呼び方をするなと常々言っているだろうが。俺がお真樹なら、あんたは登志だけでいいな」

登志蔵は長い息を吐いた。

「何だよ、登志って」

肩の力が抜けるのが見て取れた。

「さて、夜が更けんうちに湯屋に行くぞ。どうせ今宵は、あんたも眠らずに備えておくつもりだろう？　ほかの連中が仕事を代わってやれるうちに、風呂に入って飯を食っておけ」

真樹次郎は勢いよく登志蔵の背中をはたこうとした。

登志蔵はすかさず真樹次郎の手をつかまえ、にやりとした。

「二度目は食らわねえよ」

「そうか。さすがだな」

にやりと笑みを返した真樹次郎は、つかまれた手を引き寄せながら、膝蹴りを繰り出した。狙いは金的である。

「おっと。そいつは禁じ手だぞ」

登志蔵は器用に身をひねると、真樹次郎の手をつかまえたまま、その背後に回り込んだ。真樹次郎が後ろざまに頭突きをするが、それも登志蔵は躱した。真樹次郎を後ろから抱きすくめる。

「放せ、馬鹿登志」

「つれねえなあ」

「暑苦しい！」

「違いねえ。お真樹、汗くさいな」

「あんたもだ。だから、今から湯屋に行くと言っているだろうが」

「お真樹が俺を誘ってくれるとは珍しい。俺がいなくて寂しかったからか？」

「寝言は寝て言え、このすっとこどっこい」

登志蔵と真樹次郎は、どちらからともなく笑い出した。初めは目を見合わせてにやりとするくらいだったのが、だんだんと、腹を抱えての大笑いになる。

何がそんなにおかしいのか、二人の笑いは止まらない。

泰造が着替えや手ぬぐいを持って、中庭に出てきた。

「おい、お二人さん。あんまり騒ぐと、女衆に叱られるぞ」

泰造が言い終わったかどうかのところで、北棟の障子が開いた。初菜と巴が阿吽の仁王像のように、目を怒らせてこちらを見ている。

瑞之助と泰造は首をすくめ、そそくさと逃げ出した。とばっちりで巻き込まれてはたまらない。

中庭ではまだ、登志蔵と真樹次郎が笑い転げている。

しっとりとした夕暮れ時の匂いに、甘く爽やかな薔薇の香りが混じっていた。

零

文化十五年が文政元（一八一八）年に改められた、その年のこと。

梅雨が明けたかどうかという五月二十八日に、薗部洋斎の私塾に学ぶ若者たちは、揃って大川のほとりに繰り出した。

この日は川開きだ。大川には華やかな屋形船が繰り出し、川端の小料理屋は夜っぴてにぎわう。

ひゅるひゅるひゅると高い音がした。人混みの喧騒の中にその音を聞きつけ、登志蔵は顔を上げた。

「花火たい」

ぱん、と弾ける音がして、夜空に橙色の火花が広がる。

「玉屋あ！」

百合がはしゃいだ声を上げると、仙周をはじめとする幾人かの塾生が「玉屋あ」「鍵屋ぁ」と後に続いた。

登志蔵は菫吾の脇腹を肘でつついた。

「ぬしゃ、あっちさん交じりに行け」

菫吾のまなざしの先には、艶やかにめかし込んだ百合の姿がある。けしかけてみても、菫吾はうつむきがちに微笑むばかりだ。

「おるは、よか」

「引っ込み思案も、たいぎゃにしろ。はがいか」

はがいか、というのは、じれったいという意味だ。この頃、日に一度は「はがいか」と口にしている。登志蔵は焚きつけようとするのだが、菫吾は動こうとしない。まったくもって、じれったいのだ。

「よう、何の話ばしよっとや?」

突然、桂策が登志蔵と菫吾の間に割り込んできて、二人の肩に腕を回した。強引に額を寄せ合う格好にされる。

「ぬしも来たっか」

桂策は、ふんと笑った。

「気が向いたけん来たったい。仙周さんに借りた本ば読みよったら、おもしろかこつば思いついた。おっどんで新しか花火ば作ってみらんか?」

登志蔵は食いついた。

「新しか花火か。そるは、おもしろかごたあ！」

菫吾が首をかしげる。

「ばってん、花火やら、どぎゃんして作る？」

桂策は秘密めかして声をひそめた。

「火薬に混ぜ物ばする。そしたら、どぎゃんなると思う？　例えば、銅ば混ぜたら何色になっか？」

登志蔵もすぐさま合点がいった。

「ああ、緑青色（ろくしょういろ）の火花が出るたい！」

菫吾は宙に絵を描くしぐさをした。

「なるほど。違う色の火花が出る物ば選んで組み合わせれば、花の模様ば作ることもできるかもしれん」

「そうじゃ、菫吾。おもしろかろうが。だけん登志、ぬしが試してみろ」

「えっ、おるがやると？」

桂策はにやにやして、やけどの痕のある手を登志蔵の眼前にかざしてみせた。

「登志が一番（いっちゃん）器用やろうが。おるはすぐ失敗したり、けがしたりするばってん、登志に任しておけば間違いんなか」

「ぬしゃ横着か。自分で失敗してこそ身につくもんばい」

「失敗せんやつが、どん口で言いよるか！」

「おるも失敗しよる！　何べん失敗しても、うまくいくまで試すけん、しまいには成功する。おるばっかり成功すっとは、成功するまでやりよるだけのこつたい」

登志蔵は、べぇっと舌を出してみせた。菫吾と桂策は、おどけるような顔で目を見交わす。

菫吾が珍しく桂策の味方をした。

「そぎゃん言うても、登志が器用で秀でとっとは、本当のこつじゃろうもん。外科手術の腕前も、もう塾で一番たい。登志は医者の道一本でも生きていける。そるに比べて、おるや桂策は心もとなか」

桂策は、菫吾の肩を抱いたまま、登志蔵の肩を突きのけた。

「おると菫吾は蘭学修業に専念するけん、名医たる鶴谷登志蔵が、おっどんば養ってくれなっせ」

「ああ、そるはよか考えじゃ。そしたら、おるは古今東西の本草学ば究める道に、とことん打ち込めるたい」

　登志蔵は、二人に人差し指を突きつけて怒鳴った。

「ふざけたこつばかり言うな！　おるだけ働かすっとは何事じゃ！」

　怒鳴りながらも笑ってしまう。三羽烏が集っていれば、しょうもないやり取りさえも、こんなに楽しい。

　桂策は、仕切り直すように手を振った。

「そん話は後でよかろう。先に花火の話じゃ。菫吾に登志よ、こん話はご公儀に知られたら大事たい。内緒にしとけ」

　おう、と登志蔵は応じた。

　菫吾は目を輝かせていた。

「そるで桂策、何色の花ば咲かすっか？」

　百合や仙周たちは、少し離れたところで、やれ舟遊びだ、やれ下り酒だ、やれ明石縮(あかしちぢみ)の着物だと、小洒落た江戸の夏らしい話で盛り上がっている。あちらに加わったら加わったで楽しいのだろうが、登志蔵にとってより大切なのは、三羽烏の内緒話だった。

　間遠な花火は、まだ上がらない。

そう、一発打ち上げるだけでこんなに時がかかるのもじれったい。新しい花火を自分たちで作ることができるなら、息つく間もないほど立て続けに打ち上げてやるのだ。そうすれば、夏の夜空はもっと華やかになる。

これから続いていく江戸での蘭学修業の日々に、また一つ新たな楽しみが生まれた。

登志蔵は、わくわくしていた。

八

水戸からの迎えは、思いのほか早く訪れた。

百合の手術から十日経った、五月二十七日の朝である。つい今しがたまで降っていた雨が止んだ頃、蛇杖院におとないを入れる者があった。

百合の夫で学者の薗部洞斎が、蛇杖院を訪ねてきたのだ。

洞斎は中肉中背で、いかにも健やかそうな顔色をしていた。穏やかで明快な話し方をする。齢三十というが、溌剌とした丸顔のせいか、もう少し若く見えた。

「百合の手術が無事に済んだと聞き、いても立ってもいられなくなって、飛んでまいりました。百合は顔色も悪くないようで、安心しましたよ」

洞斎は百合に微笑みかけた。百合も穏やかな笑みで応じる。

門前には、瑞之助と登志蔵と初菜が見送りに出ている。登志蔵は百合と顔を合わせるのを避けている節があったが、さすがに最後だけはきちんと姿を見せた。

手術の後に百合を診ていたのは、初菜である。手術に立ち会った初菜は、百合に産後の女と同じ滋養と補血の薬を飲ませ、傷の治りを慎重に確かめていた。

初菜は洞斎に告げた。

「手術の傷もそろそろふさがってきましたから、様子を見て糸を抜いてください。おできになりますよね？」

洞斎はうなずいた。

「抜糸の技なら、義父に教わりました。登志蔵先生のお手を煩わせずに済むはずです」

登志蔵は洞斎の会釈を受け、愛想のよい笑みで応じた。

「もし手術の傷のことで何かあれば、すぐ知らせてくれ。しばらくは江戸にいるんだろう？」

「ええ。百合の体がしっかり落ち着くのを待ちたいので、来年の春まで、築地の知人のもとで厄介になるつもりですよ」

その知人について、洞斎は何か言いかけた。登志蔵に聞かせようとしたようだ。百合がそれを止めた。

「登志蔵には関わりのないことよ。築地の蘭学塾なんて、今さら」

百合の早口の小声に、登志蔵はかすかに目を泳がせた。きょとんとした洞斎の顔を見るに、登志蔵が悪評を立てられていることさえ、ろくに聞かされていないようだ。

登志蔵は小さくかぶりを振り、自らきっぱりと言った。

「洋斎先生には俺たち熊本三羽烏がさんざん迷惑を掛けちまったんで、後になって悔いることばかりで、築地界隈にはついぞ足を向けられなくなってんだ」

「ああ、そうでしたか。いや、お気持ち、わからないでもないですよ。謝らねばならないのに、気まずくて会いに行けないという間柄は、誰しも心当たりがあるものでしょう」

百合の身のまわりの品は少ない。その荷を洞斎がすべて背負い、百合は質素な日傘を差している。

初菜は百合の顔を見つめ、微笑んだ。

「どうぞお大事に。気をつけて行かれてくださいね」

「ありがとう。何から何まで面倒を見て、相談にも乗ってくれて、本当に感謝しているわ。ひょっとして何かいいことが起こったら、まずあなたに診てもらうわね」

「はい。お待ちしています」

まるで若い娘同士の内緒話のように、初菜と百合はくすくすと笑い合った。

登志蔵は何かを言いたそうに、あー、と呻いた。百合が顔を上げる。登志蔵は頭を掻き、一つため息をついてから、百合に告げた。

「仙周さんからの伝言だ。伝えても伝えなくてもいいと言われたんだが、やっぱり伝えておく」

百合はうなずいた。

「気になっていたわ。捕り方に連れていかれてしまったけれど、仙周はあの後どうなったの？」

「調べが終わると、すぐ解き放たれて蛇杖院に連れてこられた。が、お嬢さんには会いたくないし、江戸に頼れる相手がいるでもなく、郷里の陸奥にも帰りたくないってんで、岩慶と一緒に旅に出た」

百合は目を剝いた。

「旅ですって？　早々に干からびてしまうのではない？　もともと体が健やかな人ではなかったけれど、この春に江戸で再会したら、ますます痩せ細っていたのよ」

「それでも、仙周さんはその険しい道を選んで進んでいった。町から遠く離れた、医者のいない村に住んで、今度こそ人々の役に立つ生き方をしたいそうだ」

「そう」

「江戸に舞い戻ってきたときは、仙周さんも罪に手を染める覚悟だったらしいが、できねえよな。あの人は、いい人なんだ」

百合はしばし、まぶたを閉じて、旅の空の下にある仙周に思いを馳せるかのように、手を合わせて祈っていた。

桂策のことは、登志蔵も百合も話題にしなかった。どんなふうに触れてよいのか、わからないのだろう。

登志蔵は一度だけ、桂策の裁きはどうなるのかと、大沢に問うたことがある。大沢は「てめえも振る舞いにはせいぜい気をつけろ」という憎まれ口を添えて、奉行所が調べ上げた桂策の罪状を、こと細かに記して寄越した。

奉行所が血眼になって桂策を追ったのは、黒暖簾の薬によって命を落とす者が相次いだからだった。命そのものは失われずに済んでも、薬のせいで体を損ねた者がいた。べらぼうな高値の薬礼を払うため、罪に手を染めた者もいた。

それらの罪が、棒で打たれたり獄につながれたりするくらいで赦されるはずもない。命がいくつあっても償いきれないだろう。

登志蔵は、大沢から送られた書付に目を通すと、少しも楽しくなさそうに笑った。ほかにどんな顔をすることもできずに、口元を歪めたら笑みになってしまった。そういう顔だった。

やがて目を開けた百合は、まっすぐに登志蔵を見つめると、きれいなしぐさで深々と頭を下げた。

「ごめんなさい。そして、ありがとうございました。わたしはこれから一生涯、あなたの前に現われません。ですから、どうかあなたは過去に縛られず、前を向いて、日の当たる道を進んでいってください」

登志蔵は短く答えた。

「ああ。お嬢さんも、どうか達者で」

顔を上げて微笑んだ百合の頰に、はらはらと涙がこぼれた。

遠ざかっていく百合と洞斎を、瑞之助たちは見送った。

百合は甘えてじゃれつくように洞斎に近寄ると、その頭上に日傘を掲げて陰に招き入れた。二人の寄り添う後ろ姿は、業平橋の向こうに消えた。

登志蔵はいつの間にか、そっぽを向いていた。初菜は気ぜわしく、すぐに次の用事へと頭を切り替えている。

だから、ふと顔を上げた瑞之助がいちばん先に気がついたのだ。

「見てください。虹です」

西の空の雲の晴れ間に、色鮮やかな虹がきらめいている。

初菜はまぶしそうに目を細めた。

「本当ですね。さっきちょっと降っていたから。虹なんて、久しぶりに見ました」

「このところ忙しかったせいですね。梅雨の頃にはよく見られるはずなのに、今年は一度も目に留めることがありませんでした」

登志蔵もまた西の空の虹を見上げ、目を輝かせている。

「虹ってものも、おもしれえよな。空に浮かぶ小さな水の粒を、日の光が照らす。そうすると、あの彩りの帯が人の目に映るのさ。上は赤、黄色っぽいところを通って、緑や青がいちばん下に来る」

「唐土渡来の言い方では、紅緑（こうりょく）の虹と表しますが、もっと色鮮やかですよね」

「西洋には、虹は七色だって説がある。赤、橙、黄、緑、青、藍（あい）、紫だそうだ。でもな、よく見てみろよ。七色の切れ目がわかるか？　本当に七色か？　七色じゃ少ない？　それとも多い？　考え始めると、止まらねえよな」

瑞之助は虹に目を凝らした。

「その謎には、いつか答えが出るんでしょうか？」

「出るさ。そしてまた、新たな謎が見つかる。蘭学ってのは、そういうもんだ。舎密学も窮理学（きゅうりがく）も、草木の分類や掛け合わせも、謎が謎を呼んで、決して究められやしねえんだ。だからこそ挑み甲斐があって、楽しくてたまらねえ！」

登志蔵は、雨上がりの空に聞かせるかのように、大声を張り上げた。

そろそろ梅雨も明ける頃だろう。虹の向こうに立ち上がっているのは、夏らしい入道雲だ。

瑞之助は、いつしかにじんでいた額の汗を拭った。今日はずいぶん暑くなりそうだ。

切り取り線

一〇〇字書評

友

購買動機（新聞、雑誌名を記入するか、あるいは○をつけてください）	
□（　　　　　　　　　）の広告を見て	
□（　　　　　　　　　）の書評を見て	
□ 知人のすすめで	□ タイトルに惹かれて
□ カバーが良かったから	□ 内容が面白そうだから
□ 好きな作家だから	□ 好きな分野の本だから

・最近、最も感銘を受けた作品名をお書き下さい

・あなたのお好きな作家名をお書き下さい

・その他、ご要望がありましたらお書き下さい

住所	〒				
氏名		職業		年齢	
Eメール	※携帯には配信できません	新刊情報等のメール配信を 希望する・しない			

この本の感想を、編集部までお寄せいただけたらありがたく存じます。今後の企画の参考にさせていただきます。Eメールでも結構です。

いただいた「一〇〇字書評」は、新聞・雑誌等に紹介させていただくことがあります。その場合はお礼として特製図書カードを差し上げます。

前ページの原稿用紙に書評をお書きの上、切り取り、左記までお送り下さい。宛先の住所は不要です。

なお、ご記入いただいたお名前、ご住所等は、書評紹介の事前了解、謝礼のお届けのためだけに利用し、そのほかの目的のために利用することはありません。

〒一〇一－八七〇一
祥伝社文庫編集長　清水寿明
電話　〇三（三二六五）二〇八〇

祥伝社ホームページの「ブックレビュー」からも、書き込めます。
www.shodensha.co.jp/bookreview

祥伝社文庫

友（とも）　蛇杖院（じゃじょういん）かけだし診療録

令和4年9月20日　初版第1刷発行

著者　馳月基矢（はせつきもとや）
発行者　辻　浩明
発行所　祥伝社（しょうでんしゃ）
東京都千代田区神田神保町3-3
〒101-8701
電話　03（3265）2081（販売部）
電話　03（3265）2080（編集部）
電話　03（3265）3622（業務部）
www.shodensha.co.jp
印刷所　堀内印刷
製本所　積信堂
カバーフォーマットデザイン　中原達治

Printed in Japan ©2022, Motoya Hasetsuki ISBN978-4-396-34840-3 C0193

〈祥伝社文庫　今月の新刊〉

宮内悠介
遠い他国でひょんと死ぬるや
戦没詩人の〝幻のノート〟が導く南の島へ——第70回芸術選奨文部科学大臣新人賞受賞作！

笹本稜平
K2　復活のソロ
仲間の希望と哀惜を背負い、たった一人で冬のK2に挑む！　笹本稜平、不滅の山岳小説！

西村京太郎
阪急電鉄殺人事件
事件解決の鍵は敗戦前夜に焼却された日記。ミステリーの巨匠、平和の思い。初文庫化！

小池真理子
追いつめられて　新装版
こんなはずではなかったのに。日常のズレが思わぬ落とし穴を作る極上サスペンス全六編。

松嶋智左
黒バイ捜査隊　巡査部長・野路明良（のじあきら）
不審車両から極めて精巧な偽造運転免許証が見つかる。組織的犯行を疑う野路が調べると…。

馳月基矢
友　蛇杖院（じゃじょういん）かけだし診療録
蘭方医に「毒を売る薬師」と濡れ衣を着せたのは誰だ？　一途さが胸を打つ時代医療小説。

鳥羽　亮
鬼剣（きけん）逆襲　介錯人・父子斬日譚
白昼堂々、門弟を斬った下手人の正体は？　野晒唐十郎の青春賦、最高潮の第七弾！